MORD AUF DEM BAUERNHOF

DIE PRIVATDETEKTIV-KRIMISERIE MIT ANNIE HUDSON

BUCH 3

VALERIE BRANDY

INHALT

KAPITEL EINS

SOPHIA BARNAKS ECKLADEN war ein angenehmer Ort – abgesehen von der Leiche, die auf dem Boden lag.

Privatdetektivin Annie Hudson stand über der reglosen Gestalt eines Mannes und betrachtete die Wunde an seinem Hinterkopf. Die Verletzung hatte zu einer Blutlache geführt, die sich über den ursprünglichen Holzboden des Ladens ausbreitete und den ansonsten makellosen Raum verunstaltete.

»Charmant, nicht wahr?«, sagte Annie leichthin zu ihrem Partner, FBI-Agent Ethan Beckett. Sein Gesichtsausdruck verriet Annie, dass eine Klarstellung nötig war. »Der Laden, nicht der Mann«, fügte sie hinzu und deutete weg von dem Opfer am Boden, das sich nicht an ihrer mangelnden Aufmerksamkeit zu stören schien.

»Es ist niedlich«, stimmte Ethan zu und nickte in Richtung der original Coca-Cola-Poster, die noch immer die Wände zierten, über einer Jukebox in der Ecke angebracht. »Auf eine amerikanische Art. Hast du jemals so viele Coca-Cola-Poster gesehen?«

Annie drehte sich um und nahm ihre Umgebung in Augenschein. Ein beleuchtetes Schild, das für das berühmte

Getränk warb, hing an der Wand, inmitten verschiedener Plakate, die für das beliebte Produkt warben. Hinter den Schildern zeigte eine blassgelbe Tapete eine Szene mit sanften Hügeln und zum Himmel wachsenden Bäumen. Annie blickte durch ein offenes Fenster auf die Landschaft in der Ferne, die das Thema der Tapete widerspiegelte. Der Laden lag auf einem mehrere Hektar großen Bauernhof, der an den Dismal Swamp in der polnischen Enklave Sunray in Virginia grenzte, die vor vielen Jahren von Einwanderern gegründet worden war. Sie hatten den Raum von Hand geschaffen, und was einst ungezähmtes Land gewesen war, war nun eine angenehme Stadt mit gut gepflegten Straßen und ertragreichen Bauernhöfen. Sophia Barnak war eine der Gründungseinwohnerinnen der Stadt, und ihrem Laden war es erlaubt worden, viele Jahre lang unverändert zu bleiben, als Erinnerung an die Ursprünge von Sunray. Am Rande einer großen Sojabohnenfarm gelegen, war der Eckladen stolz auf lokale Produkte. Blumige, gelbe Tapeten bedeckten den Raum. Im hinteren Teil des Gebäudes servierte eine lange Theke Milchshakes und Erfrischungsgetränke, und eine manuelle Registrierkasse auf ihrer Oberfläche war bereit, Zahlungen entgegenzunehmen. Hölzerne Auslagen boten Obst, Gemüse und Blumen an, alles von umliegenden Bauernhöfen geerntet.

»Es ist ein gemütlicher Ort«, fügte Annie fröhlich hinzu. »Abgesehen von dem, was ihm zugestoßen ist«, sie blickte wieder auf ihr Opfer hinunter und widmete sich endlich dem eigentlichen Problem. Sie beugte sich hinunter und untersuchte eine weggeworfene Schaufel, die neben dem Körper des Mannes lag, ihre Metallkante mit Blut bedeckt.

»Ich glaube, wir haben eine Mordwaffe«, sagte Annie zu Ethan.

»Sieht aus, als wärt ihr zwei echt«, ertönte eine raue Stimme vom Eingang des Ladens. In den Doppeltüren stand Sheriff Chomski, die einzige Gesetzeshüter in der Stadt. Ein beeindruckender Schnurrbart umrahmte seine Züge, und eine

Sanftheit in seinen Augen ließ Annie ihn sofort mögen. »Ich habe ein paar Anrufe getätigt«, sagte er und steckte sein Funkgerät ein. »Das FBI hat bestätigt, dass ihr an dem Fall dran seid, also – wenn es irgendetwas gibt, was ich tun kann...« Er beendete den Satz nicht, sondern zuckte stattdessen mit den Schultern. Das Schulterzucken schien anzudeuten, dass er nicht viel tun könnte.

»Kannten Sie das Opfer?«, fragte Annie, begierig darauf, von einem Einheimischen zu hören.

»Sicher«, nickte Sheriff Chomski. »Jeder kannte ihn. Paul Kaminski führte den Hof für die Familie. Sophia Barnaks Verwandte leben im Westen. Sie sind ihre Nachkommen in der Linie. Sie hatten einen Bruder und eine Schwester, die den Hof pachteten, aber als sie sich zum Verkauf entschlossen, baten sie ihren Nachbarn Paul, den Betrieb weiterzuführen. Er tat es zu ihrer Zufriedenheit und würde es immer noch tun, wenn, na ja –«

»Ihm jemand nicht den Schädel eingeschlagen hätte?«, bot Ethan an.

»Genau«, stimmte Sheriff Chomski zu. »Ich frage mich, ob das ein Problem für den Verkauf sein wird...«

»Das Grundstück steht zum Verkauf?«, Annies Ohren spitzten sich, ihr Interesse an dem Fall wuchs.

»Es steht schon eine Weile zum Verkauf«, sagte der Sheriff. »Nach dem, was ich zuletzt gehört habe, gibt es endlich Interesse. Ich hoffe, das verkompliziert die Dinge nicht für sie.«

»Hoffen wir's«, stimmte Annie zu.

»Nur aus Neugier«, wagte Sheriff Chomski. »Wir haben hier nicht viele Probleme, aber wenn doch, ruft das FBI normalerweise nicht an.« Der Sheriff machte eine Pause und musterte die beiden Außenseiter vor ihm. »Warum dieser Fall?«, fragte er.

Annie lächelte. »Wir haben einem Freund ein Versprechen gegeben«, sagte sie.

Sheriff Chomski nickte. »Dann seid ihr unsere Art von

Leuten«, sagte er. »Hier ist jeder immer bereit, einem Freund zu helfen.«

Annie blickte auf das Opfer hinunter, dessen Körper mit dem Gesicht nach unten auf dem Holzboden lag. »Ich weiß nicht, ob er zustimmen würde«, sagte sie. Sie ging auf der Stelle hin und her, dann ging sie zu den Vordertüren des Eckladens und griff nach einem soliden Vorhängeschloss, das zwischen den Griffen eingewoben war, eine Kette baumelte an einer Seite. »Paul hat den Laden jeden Abend abgeschlossen?«, fragte sie.

»Das hat mir die Familie gesagt«, bestätigte Sheriff Chomski. »Sie ließen Paul den Laden führen, und er war gewissenhaft, was die Sicherung anging.«

»Und es gibt keine zerbrochenen Fenster«, fügte Annie hinzu und betrachtete die wenigen Fenster, die das Gebäude zierten. »Hätte Paul jemanden hierher gebracht, der nicht dazugehörte?«

Sheriff Chomski pfiff leise. »Nein, Ma'am. Paul war nicht der gesellige Typ. Ich kann mir nicht vorstellen, dass er jemanden an einen Ort gebracht hätte, der ihm nicht gehörte. Das wäre untypisch für ihn gewesen.«

»Dann kannte derjenige, der das getan hat, entweder Paul oder hatte einen Schlüssel zum Gebäude.« Sie kaute an ihrer Unterlippe und überlegte. »Rufen Sie die Familie an«, sagte sie zu Sheriff Chomski. »Bitten Sie sie um eine Liste aller Personen, die einen Schlüssel zum Eckladen haben.«

Und damit begann ihre Ermittlung.

KAPITEL ZWEI

GLADYS

Es war eine warme Sommernacht, als Paul Kaminski im Eckladen ermordet wurde, und Gladys hatte sie bis dahin in vollen Zügen genossen. Die Grillen zirpten, und eine leichte Brise wehte durch die Stadt, an Gladys vorbei, die seit mehreren Stunden auf ihrer Veranda saß und alles tat, nur nicht sich um ihre eigenen Angelegenheiten zu kümmern.

Gladys beobachtete, wie Sheriff Chomskis Streifenwagen am Rand von Sophia Barnaks Eckladen anhielt, seine rot-blauen Lichter warfen einen hellen Schein auf die ansonsten verlassene Straße. Sie saß in einem Schaukelstuhl auf ihrer Veranda, die sich um das Haus zog, und nippte an einem Glas Eistee, während die warme Sommerluft klebrig auf ihrer Haut lag. Sie tupfte den Schweiß ab, der sich an ihren Schläfen sammelte, und strich ihr kurzes, silbernes Haar hinter die Ohren. Mitte 70, war Gladys das, was man in dieser Gegend gerne als »harten Brocken« bezeichnete. Sie hatte, solange sie sich erinnern konnte, ein Bauernleben geführt und war die Art von Person, die in jeder Situation wusste, was zu tun war. Sie konnte bei einer Kalbsgeburt genauso gut helfen, wie sie einen Traktor bedienen konnte. Sie ging mit Menschen nicht sanft um und erwartete auch nicht, dass sie sanft mit ihr umgingen.

Als nächste Nachbarin des Eckladens war Gladys in der einzigartigen Position, alle außergewöhnlichen Vorkommnisse auf dem Grundstück zu bemerken. Und dies? Dies war ein außergewöhnliches Ereignis. Gladys hatte viele Stunden in Folge auf ihrer Veranda gesessen, was bedeutete, dass sie viel von dem mitbekommen hatte, was passiert war. Sie hatte Pauls Schrei gehört und beobachtet, wie eine verhüllte Gestalt das Grundstück verließ, in Schatten gehüllt. Während des Mordes war sie ruhig sitzen geblieben und hatte an ihrem Eistee genippt.

In einem solchen Fall würde Gladys normalerweise zum Telefon greifen und die Nachbarschafts-Telefonkette anrufen, wie sie es immer tat. Ihre Vorfahren hatten bei der Gründung von Sunray geholfen, und als eine der langjährigsten Bewohnerinnen der Gegend kannte Gladys jeden. In diesem Sinne war sie die Königin der Telefonkette. Letzten Sommer, als jemand in Gerrys Futterscheune eingebrochen war, war Gladys die Erste gewesen, die die Nachbarschaftswache mobilisiert hatte. Als es vor zwei Wintern eine Tornadowarnung gab, hatte Gladys das Signal gegeben, dass alle in ihre Keller gehen sollten. Gladys liebte es, Neuigkeiten zu überbringen.

Außer natürlich, wenn die Nachrichten sie selbst betrafen oder wenn es zu ihrem Vorteil oder zum Vorteil derer war, denen sie am treuesten ergeben war, sie nicht zu melden. Loyalität war für Gladys wichtig. Wichtiger als alles andere.

Ja - unter normalen Umständen hätte Gladys keine Minute gewartet, um der gesamten Gemeinde von Sunray zu erzählen, was sie wusste. Aber dies waren keine gewöhnlichen Umstände. Und sobald sie Pauls Schrei aus dem Eckladen gehört hatte, war sie wie erstarrt sitzen geblieben und hatte beobachtet, wie eine zweite Gestalt die Straße entlangging. Es war eine Gestalt, die zu einer Person gehörte, die Gladys sehr gut kannte.

Es war Gladys klar geworden, dass sie in dieser Situation viel zu verlieren oder zu gewinnen hatte. Sie hatte stundenlang in ihrem Stuhl gesessen und darauf gewartet, dass die Polizei eintraf, ohne ein einziges Wort zu sagen. Sie hatte beobachtet, wie ihre Streifenwagen vor dem Eckladen hielten, während sie an ihrem großen Eistee nippte und die ganze Zeit an einen Schlüssel dachte, der derzeit an einem Haken in ihrem Dielenschrank hing. Es war ein einfacher Bronzeschlüssel, der perfekt in das Vorhängeschloss passte, das die Türen des Eckladens sicherte. Die Familie, der das Grundstück gehörte, hatte ihn ihr für Notfälle anvertraut. Sie hatten nicht zweimal darüber nachgedacht, angesichts von Gladys' Nähe zum Grundstück und ihrem Ruf als angesehenes Mitglied der Gemeinschaft.

Jetzt, als ob sie aus einer Trance erwacht wäre, griff Gladys in ihre Tasche und holte ihr Handy heraus. Anstatt die Telefonkette anzurufen, wählte sie eine einzige Nummer und beobachtete dabei weiterhin, wie die rot-blauen Lichter die Straße hinaufstrahlten, die sie ihr Zuhause nannte.

Sie wartete, bis der Angerufene auf der anderen Seite antwortete, und sprach dann, bevor die Person am anderen Ende auch nur »Hallo« sagen konnte.

»Das FBI ist hier«, sagte sie mit leicht zitternder Stimme. Es folgte eine lange Pause, in der sie das Gewicht des Ganzen einsinken ließ. Am anderen Ende der Leitung antwortete eine tiefe, männliche Stimme, deren Worte für niemanden außer Gladys verständlich waren. »Ich stimme zu«, sagte Gladys zu ihm. »Sie werden herumschnüffeln. Ich denke, wir müssen über die nächsten Schritte reden.«

KAPITEL DREI

DR. BURNS

Dr. Ted Burns war in seinem Hotelzimmer, als er die Nachricht vom Mord in Sophia Barnaks Eckladen erhielt. Dr. Burns war kein »echter« Doktor – wie seine Ex-Frau ihn so gerne erinnerte –, sondern hatte einen Doktortitel in Amerikanischer Geschichte, mit besonderem Schwerpunkt auf der Erforschung von Gemeinschaften, die von Einwanderern gegründet wurden. Er war nach Sunray gekommen, um dessen einzigartigen Platz in der Geschichte polnisch-amerikanischer Einwanderer zu erforschen und hoffte, von seinem Arbeitgeber, der University of Virginia, eine Förderung für die Studie zu erhalten, die er zu veröffentlichen plannte.

Aber die Forschung lief nicht so gut wie erhofft. Bei seiner Ankunft war Dr. Burns überrascht gewesen, dass die Gemeinde weniger entgegenkommend war, als sie erfuhren, dass ein Außenstehender, wie es ihm erklärt wurde, »in ihren Angelegenheiten herumschnüffeln« würde. Dr. Burns hatte viele Stunden damit verbracht, die nötigen Genehmigungen für seine Studie zu erhalten, in der Sophia Barnaks Eckladen im Mittelpunkt stand. Aber die Familie im Westen, zusammen mit einigen Nachbarn in der Gegend, protestierte heftig gegen seine Bemühungen.

Er hatte sehr wenig Fortschritte gemacht, und jetzt – war alles dabei, zusammenzubrechen.

Dr. Burns saß am kleinen Schreibtisch in seiner Suite, als das Festnetztelefon klingelte. Das örtliche Bed and Breakfast, in dem er übernachtete, bot viel Charme. Eine weiche, geblümte Bettdecke bedeckte das Bett, und flauschige Teppiche erstreckten sich über die gesamte Länge seines Zimmers, das einen Schlafbereich, eine kleine Couch, einen Schreibtisch, eine Kochnische und ein angrenzendes Badezimmer umfasste. Als das Festnetztelefon auf seinem Schreibtisch klingelte, erschreckte ihn der Klang. Er hatte nur eine Handvoll Anrufe erhalten, seit er in Sunray angekommen war, und die meisten davon waren vom Besitzer des Gasthauses gewesen, der fragte, ob er mehr Handtücher wollte.

Er legte den Aufsatz beiseite, den er gerade benotete, und nahm den Hörer ab.

»Hallo?«, sagte er.

Er wartete, während die Stimme am anderen Ende der Leitung mit einem Murmeln antwortete. »Aha«, bestätigte Dr. Burns. Er schüttelte den Kopf. »Das kann nicht sein. Ich habe erst neulich mit Paul gesprochen. Er war einer der wenigen Bewohner, die bei meiner Forschung kooperiert haben ...«

Dr. Burns' Stimme verstummte, als die Person am anderen Ende der Leitung einwarf.

»Ermordet?« Dr. Burns' Mund klappte auf. Plötzlich wich das Blut aus seinem Gesicht und ließ seine Haut in einem kränklichen Pilzgrau erscheinen. »Nein, ich bin genauso überrascht wie Sie. Natürlich werde ich mit ihnen sprechen«, sagte er und warf einen Blick auf seinen Aktenkoffer, der an der Wand lehnte. Er rollte mit seinem Stuhl darauf zu, wühlte dann darin herum und zog einen Schlüsselbund mit einem Klimpern heraus. Er sortierte durch einen Haufen Schlüssel – den Schlüssel seines Mietwagens, den elektrischen Dongle der Universität für Überstunden – und landete bei einem alten, bronzenen Schlüssel. Er schob ihn zwischen den Spiralring, zog ihn von der Kette und hielt ihn vor sich.

»Nein«, sagte er in den Telefonhörer, der zwischen seinem rechten Ohr und seiner Schulter eingeklemmt war. »Ich habe keine Ahnung, warum Paul so spät in der Nacht dort gewesen sein könnte.«

Dr. Burns griff nach der Basis des Telefons und nahm es mit, als er zum Nachttisch ging. Er hob den Tisch mit seiner freien Hand an und versteckte den Schlüssel darunter. Der Tisch wackelte ein wenig, aber es schien seinen Zweck zu erfüllen.

»Morgen wäre großartig«, fügte Dr. Burns hinzu. »Sie können mich jederzeit anrufen. Sie auch, Sheriff. Haben Sie eine gute Nacht.«

Damit legte er den Hörer auf und kehrte zu seinem Schreibtisch zurück, überrascht von dem Schweiß, der auf seiner Stirn perlte. Er öffnete seinen Laptop und suchte nach einem Ordner mit dem Titel »ECKLADEN FORSCHUNG«.

Dann zog er mit einem einfachen Klick und Ziehen den gesamten Ordner in den Papierkorb.

Das Telefon klingelte erneut und erschreckte ihn wieder. Seine Hand zitterte, als er nach dem Hörer griff.

Diese Nacht, so schien es, würde eine sehr lange Nacht werden.

KAPITEL VIER

VERONICA

Veronica saß in ihrem Büro bei Southern Realty Company, als der Anruf über den Mord ihr Handy zum Vibrieren brachte. Es war spät in der Nacht – weit nach Feierabend – und Veronica war die einzige Immobilienmaklerin, die noch in dem grauen, leeren Gebäude arbeitete. Mit dreiundzwanzig Jahren war sie gerade frisch von der Uni und versuchte immer noch, etwas aus sich zu machen.

Sie warf ihr langes, schwarzes Haar über die Schulter und scrollte durch eine Liste von Leads auf ihrem Desktop-Monitor. Zu jedem potenziellen Kunden war eine E-Mail-Adresse angegeben, sowie der Name und die Anschrift der Person. Veronica klickte auf den nächsten Namen, öffnete dann ihr Outlook-Postfach und kopierte einen Formbrief in eine leere E-Mail.

»Sehr geehrte Damen und Herren. Erwägen Sie immer noch, Ihr Haus zu verkaufen? Wenn ja, würde ich Ihnen gerne dabei helfen, Ihre Traumimmobilie zu finden...«

Klick. Sie tippte auf ein flugzeugförmiges Symbol, und der Brief sauste in die digitale Wolke. Veronica klickte auf ihren »GESENDET«-Ordner, um den Schaden zu begutachten.

Allein heute Abend hatte sie fünfhundertzweiundvierzig E-Mails verschickt.

Und keine einzige Antwort.

Veronica stammte aus einer gehobenen Mittelschichtfamilie auf einem Bauernhof, wo ihre Familie es zu einem beachtlichen Wohlstand gebracht hatte. Und sie war bereit, hart zu arbeiten. Deshalb überraschte es sie immer, wenn der amerikanische Traum nicht an ihre Tür klopfte. Die Vorstellung, ein Haus mit zwei Autos davor zu besitzen, interessierte Veronica nicht so sehr – zumindest war es nicht alles. In Veronicas Augen ging es beim amerikanischen Traum um Sicherheit. Es ging darum, die finanzielle Würde zu haben, um mutige Entscheidungen über das eigene Leben treffen zu können. Es war der Grund, warum ihre Vorfahren Polen verlassen und nach Amerika gekommen waren. Veronicas Eltern und Großeltern waren erfolgreiche Landwirte gewesen – sie hatten sich auf diese Weise ein anständiges Leben aufgebaut, mit Finanzen, auf die sie stolz sein konnten. Sie hatten keine Abschlüsse gebraucht, um sich an den eigenen Haaren aus dem Sumpf zu ziehen. Stattdessen hatten sie mit nur einem Stück Land, etwas Ellbogenschmalz und Entschlossenheit Erfolg gehabt. Veronica war die erste Person in ihrer Familie, die aus der Reihe tanzte, indem sie aufs College ging. Sie hatte allen versichert, dass dies der Weg zu etwas Großem sei. Aber als sie mit ihrem Englisch-Abschluss trotz Hunderte von eingereichten Bewerbungen keine Stelle fand, schwenkte Veronica schnell um und bewarb sich für ihre Immobilienmakler-Lizenz in der Hoffnung auf besseres Glück.

Jetzt saß sie vor fünfhundert ungeöffneten E-Mails und fragte sich, wie um alles in der Welt sie genug Geld auftreiben sollte, um diesen Monat ihre Studienkredit-Rate zu bezahlen. Aber Veronica war keine, die aufgab. In einer Art manischer Raserei klickte sie direkt zurück in die Liste der Leads und kopierte den nächsten Namen in ihren E-Mail-Entwurf. Ihre Augen waren weit geöffnet, blutunterlaufen und trocken, das blaue Licht des Computerbildschirms beleuchtete ihr Gesicht in einem harten, unbarmherzigen Winkel. Sie würde so viele E-Mails verschicken, wie nötig waren, versicherte sie sich, um das zu erreichen, was sie sich vorgenommen hatte.

Genau in diesem Moment klingelte Veronicas Handy. Das Geräusch ließ sie zusammenzucken. Sie griff danach, als könnte es sie beißen, und drückte die Lautsprechertaste, sodass die Stimme am anderen Ende durch den Raum schallte.

»Hallo?«, sagte sie, neugierig, wer so spät in der Nacht anrufen könnte.

»Tut mir leid, dass ich Sie so spät störe«, ertönte Sheriff Chomskis Stimme am anderen Ende des Telefons. Veronica hatte den Sheriff schon oft getroffen, denn so war ihre Stadt nun mal – ein Ort, an dem jeder jeden kannte. »Sie werden es nicht glauben, aber es gab einen Mord im Eckladen von Sophia Barnak.«

Veronicas Herz sprang ihr in den Hals. Sie schluckte schwer. »Nein«, sagte sie ins Telefon. »Das ist schrecklich. Ich-ich kann die Familie im Westen benachrichtigen-«

»Habe sie schon angerufen«, bot Sheriff Chomski an. »Machen Sie sich darüber keine Sorgen. Ich habe ein anderes Problem, bei dem ich Ihre Hilfe gebrauchen könnte...«

Veronica stand auf, während er sprach, griff nach ihrem Handy und ging zur gegenüberliegenden Wand ihres Büros, wo ein Whiteboard hing, an dessen Oberfläche eine Reihe von Command-Strip-Haken geklebt war. Ein handgeschriebener Titel saß zentriert über den Haken: VERONICAS KUNDEN. Als Veronica gerade als Immobilienmaklerin angefangen hatte und ihre Leidenschaft für den Job noch frisch war, hatte sie die Haken in einem Moment des Optimismus angebracht, sicher, dass sie mit Schlüsseln der vielen Häuser, die sie vertreten würde, gefüllt sein würden.

Es gab ein Dutzend Haken in der Reihe, alle leer, bis auf einen.

»Was ist das Problem?«, sagte Veronica und starrte auf den einen Schlüssel, der am einzigen besetzten Haken hing. Es war ein bronzener Schlüssel, altmodisch und unscheinbar.

»Das FBI hat einen Privatdetektiv hinzugezogen«, antwortete die Stimme des Sheriffs über den Lautsprecher. »Sie möchte sich mit allen treffen, die einen Schlüssel zum Laden hatten. Das schließt Sie offensichtlich ein, da Sie den Verkauf betreuen-«

Den Verkauf, dachte Veronica ironisch. Sophia Barnaks Eckladen und das angrenzende Ackerland waren Veronicas einziges aktives Objekt. In dem einen Jahr, in dem sie Maklerin war, war dies ihr einziger Kunde. Die Familie im Westen hatte nur zugestimmt, sie zu engagieren, weil sie zu weit weg waren, um zu wissen, dass ihr Verkaufsargument nicht ganz der Wahrheit entsprach. Als sie ihnen erzählte, dass sie hundert Prozent der von ihr vertretenen Angebote verkauft hatte, hatte sie sorgfältig verschwiegen, dass dies nur deshalb so war, weil sie noch *nie* Angebote vertreten hatte, und null von null immer noch hundert Prozent waren. Trotzdem hatte sie alles für dieses Objekt gegeben, und nach ein paar Monaten auf dem Markt bereitete sich eine interessierte Partei darauf vor, ein Angebot zu machen, und der Verkauf von Veronicas Träumen war kurz davor, Wirklichkeit zu werden.

Aber ein Mörder? Das könnte alles ruinieren.

»Natürlich«, sagte Veronica ins Telefon und versuchte, professionell zu klingen. »Ich treffe mich jederzeit mit der Detektivin. Ich hoffe nur, ich kann helfen.« Ihre Stimme klang weit weg, als käme sie aus dem Mund eines anderen.

Die beiden tauschten noch einige Höflichkeiten aus, bevor Veronica auflegte und auf die leere Reihe von Haken an der Wand starrte. Sie griff nach dem bronzenen Schlüssel, nahm ihn von seinem Sockel und wiegte ihn in ihren Händen, während sie sich fragte, wie sie an einen so verzweifelten Punkt gekommen war.

KAPITEL FÜNF

RIGGS

Riggs war in der örtlichen Kneipe, als er von dem Mord erfuhr. Die Bar hieß *»Feisty Mike's«* und war eine Institution in Sunray – eine Kneipe in einer alten Scheune, die zum Lieblingsort der Gemeinde geworden war. Musik dröhnte aus Lautsprechern an der Decke und Stroh bedeckte den Boden. Eine Mahagoni-Theke erstreckte sich über die gesamte Länge der kürzesten Wand der Scheune, und die riesigen Schiebetüren standen offen, um Sitzplätze drinnen und draußen zu ermöglichen. Hinter der Bar zeigten mehrere Fernseher die Wiederholung eines Footballspiels.

Riggs stand mitten im riesigen Raum und nippte an einem Old Fashioned in einem flachen Glas, während er zusah, wie sich die bernsteinfarbene Flüssigkeit mit jedem Schluck im Uhrzeigersinn drehte. Zwischen den Schlucken balancierte er das Getränk auf dem Rand eines Billardtisches und hielt seinen Billardqueue über die Knöchel seiner linken Hand, um den perfekten Winkel zu bekommen. Als Mann in seinen späten Vierzigern war Riggs stolz darauf, zu sagen, dass er etwas Verwegenes an sich hatte. Sein langes Haar hing ihm bis auf die Schultern, und ein Ledergürtel hielt verschiedene

Werkzeuge um seine Taille fest. Kampfstiefel und ein in die Hose gestecktes Hemd ließen ihn ein bisschen wie Indiana Jones aussehen.

Riggs nahm seine Position über dem Billardtisch ein und schoss dann. Es gab ein Knacken, als die Acht davonflog, gegen eine andere Kugel stieß und sie in Richtung einer Tasche schickte – die sie mit Bravour verfehlte. Sie prallte vom Rand der Tasche ab und glitt über den Tisch, um an einer Stelle von keinerlei strategischer Bedeutung zu landen. Auf der anderen Seite des Tisches grinste Riggs' Gegner und zupfte an seinem Bart.

»Du bist schlechter im Billard geworden, seit wir nach Sunray gekommen sind«, lächelte Riggs' Gegner, Seth. »Hoffen wir mal, dass wir den Schatz finden, sonst kannst du mir all deine verlorenen Wetten nicht bezahlen.«

»Zehn Dollar pro Spiel waren mir schon immer zu viel, und das weißt du«, lächelte Riggs zurück. Seth war Riggs' Geschäftspartner, und die beiden waren zusammen um die Welt gereist und hatten an den seltsamsten Orten Schätze gefunden. Bisher gehörten zu ihren größten Erfolgen ein gesunkenes Piratenschiff aus den 1600er Jahren, einige illegale ägyptische Artefakte, die in den Wänden eines Hauses in Kanada versteckt waren, und unzählige kleinere Gewinne auf der ganzen Welt. In der Welt der Schatzsuche waren Riggs und Seth kleine Fische. Aber sie verdienten immer noch genug Geld, um einen nomadischen Lebensstil zu unterstützen, der sie um die ganze Welt führte, von Südamerika bis Europa. Ihr zweitbettriger, fahrbarer Kommandoposten von einem Wohnmobil stand draußen geparkt und beherbergte Metalldetektoren, alte Karten und ein LIDAR-System, mit dem sie mithilfe von Funkfrequenzen durch Erdschichten blicken konnten. Gemeinsam hatten Riggs und Seth die Welt gesehen.

Aber Sunray? Sunray war etwas Besonderes. Zumindest für Riggs. In den wenigen Monaten, die er hier verbracht hatte, hatte Riggs etwas gefunden, das ihm auf seinen Reisen um die Welt entgangen war. Es gab etwas Einzigartiges an diesem Ort. Es ließ einen sich zu Hause fühlen. Zum ersten Mal fragte sich Riggs, wie es sich anfühlen würde, an einem Ort zu bleiben. Was es bedeuten würde, in einer Stadt zu leben, in der alle Nachbarn einander kannten und es keine Gefahr gab. Sunray war so ein Ort.

Riggs war dabei, den nächsten Schuss auszurichten, als ihm ein Einheimischer von der Bar aus zuwinkte. Riggs erkannte den Mann als den Besitzer einer Apotheke gleich die Straße runter. Er näherte sich ihrem Billardtisch und sprach bereits, bevor er überhaupt in Hörweite war.

»Die Farm und der Laden an der Ecke!«, rief der Mann ihnen zu. »Habt ihr es gehört?«

Riggs legte seinen Queue beiseite. Sicher konnte der Mann nicht von *dem* Laden an der Ecke sprechen – der sich auf genau der Farm befand, auf der er nach einer bestimmten Art von Schatz gesucht hatte.

»Nicht Sophia Barnaks Laden?«, sagte Riggs, plötzlich alarmiert. »Er ist doch nicht abgebrannt oder-«

»Nein«, winkte der Mann ab. »Jemand wurde dort ermordet.«

Riggs zog scharf die Luft ein. Er hatte viele Stunden auf dem Grundstück verbracht, die Bodenqualität analysiert und in der Erde gegraben. Auf Wunsch der Besitzerfamilie war Riggs in die Stadt gerufen worden, um ein Geheimnis aus den frühen 1900er Jahren zu lösen.

Als Sophia Barnak aus Polen auf die Farm kam, behauptete sie, viele Schätze mitgebracht zu haben. Und als sie starb, erzählte sie der ganzen Stadt, dass sie diese Schätze irgendwo auf der Farm vergraben hatte. Versteckt in diesen Morgen Land lag, wenn man Sophia Barnak glauben konnte, etwas Kostbares und Wertvolles.

»Jemand wurde ermordet?«, wiederholte Riggs benommen.

Der Einheimische nickte. »Sie wollen mit jedem sprechen, der einen Schlüssel hatte.«

Riggs griff in seine Tasche und ließ seine Finger sich um einen Schlüsselbund schließen. Dort berührten seine Hände die Kante eines alten Bronzeschlüssels, den er von den Grundstücksbesitzern erhalten hatte, die gehofft hatten, er könnte das Geheimnis des Schatzes vor dem bevorstehenden Verkauf lösen.

»Jeden?«, fragte Riggs. Er warf Seth einen vielsagenden Blick zu, beide sicher, dass ihre Arbeit hier in Sunray gerade unendlich komplizierter geworden war.

KAPITEL SECHS

KAREN

Karen Kaminski war zu Hause, als sie vom Mord an ihrem Mann Paul erfuhr. Alles war so schnell passiert, dass Karen selbst Stunden später noch allein auf der Bettkante saß und versuchte, sich alles ins Gedächtnis zu rufen, was geschehen war.

Als Sheriff Chomski an ihre Haustür geklopft hatte, hatte Karen angenommen, die örtlichen Highschool-Jungs hätten wieder einmal das Schulmaskottchen gestohlen und in den Sojafeldern hinter ihrem Haus versteckt. Erst als Sheriff Chomski ihr die Nachricht von Pauls Tod überbrachte, wurde Karen plötzlich klar, dass sich ihr Leben für immer verändert hatte.

Sie erinnerte sich, wie sie ihren Mantel von einem Haken neben der Tür genommen hatte und ihre Beine sie nach draußen zum wartenden Streifenwagen des Sheriffs trugen. Sie waren schweigend zum Eckladen gefahren, und Karen hatte aus dem Fenster gestarrt und über ihre Ehe mit Paul nachgedacht und all die Dinge, die sie sich anders gewünscht hätte. Als die Reifen des Streifenwagens am Rand des Grundstücks zum Stehen kamen, wunderte sich Karen darüber, wie wenig Zeit sie an einem Ort verbracht hatte, der so lange ein fester Bestandteil von Sunray gewesen war.

Sheriff Chomski hatte sie in den Eckladen gelassen, dessen Türen weit offen und unverschlossen waren. Absperrband und ein paar Beamte sicherten den Tatort. Karen trat ein und ließ ihren Blick über die Produktreihen schweifen, bis ihre Augen auf der reglosen Gestalt ihres Mannes landeten, umgeben von einer Blutlache um seinen Kopf.

»Jemand hat ihn geschlagen«, erklärte Sheriff Chomski. »Die Vitrine ist umgekippt, und wir denken, es gab einen Kampf. Wir haben eine Privatermittlerin hinzugezogen. Eine der Besten, wie man mir sagte. Sie möchte mit allen sprechen, die einen Schlüssel zum Gebäude haben, dazu gehörst auch du. Ich werde mich natürlich später bei dir melden, wenn du Zeit hattest, das alles zu verarbeiten-«

Seine Worte wurden zu einem langen, monotonen Geräusch, während Karen sich auf das konzentrierte, was vor ihr lag:

Ein Neuanfang.

Karen hatte versucht, gegen das Gefühl des Friedens anzukämpfen, das in ihrer Brust aufstieg, aber sie konnte es nicht. Sie hatte gewartet, bis Sheriff Chomski sie sicher zu Hause abgesetzt hatte, um sich selbst ausatmen zu lassen. Sie war in die Küche gewandert, hatte in die Schränke gegriffen und einen Stapel identischer Kaffeetassen herausgeholt, die sie eine nach der anderen in den Müll warf. Sie beobachtete, wie die Stücke zerbrachen, jedes einzelne machte ein herrliches Scheppern.

Es waren Pauls Lieblingstassen gewesen, und jetzt waren sie nichts als ein Scherbenhaufen im Küchenmülleimer. Später nahm Karen ein warmes Schaumbad und kuschelte sich ins Bett, wobei sie sich über die gesamte Matratze ausstreckte.

Jetzt lag sie flach auf dem Rücken, starrte an die Decke und dachte darüber nach, welche neuen Kaffeetassen sie wohl kaufen würde. Vielleicht würde sie Tassen in allen möglichen Farben besorgen, keine zwei gleich, jede mit einem anderen Muster oder Design. Sie freute sich darauf, etwas Verspieltheit - etwas Abenteuer - in ihr Leben zu bringen.

Karen würde es nie laut zugeben, aber die Wahrheit war: Sie war erleichtert, dass ihr Mann tot war.

———

Am nächsten Morgen war Karen Kaminski in Panik aufgewacht. Sie hatte sich kerzengerade im Bett aufgesetzt, als ihr eine schreckliche Erkenntnis kam. Sie war so verloren in Gedanken an ihre neugewonnene Freiheit gewesen, dass sie vergessen hatte, sich um jemand anderen zu kümmern - jemanden, der ihr am wichtigsten war.

Sie hatte sich hastig angezogen, ihre Autoschlüssel geschnappt und war zu ihrem Pickup-Truck gerannt, getrieben von der Wichtigkeit dessen, was sie erreichen musste. Sie fuhr direkt zur Sheriffstation, und nun stand sie draußen und hoffte, einen Deal machen zu können.

Sie zog ihre Strickjacke enger um die Schultern und klopfte dreimal. Die Tür öffnete sich mit einem Quietschen. Sheriff Chomski stand vor ihr und hielt einen Styroporbecher mit Tee in der Hand. Er war der Einzige, der so früh am Morgen Dienst hatte, und die grauen Stoppeln, die aus seinem Bart sprossen, ließen vermuten, dass dies häufiger vorkam.

»Karen«, sagte er mit großen Augen. »Ich dachte, du wärst zu Hause, nach allem, was passiert ist. Es würde mich nicht wundern, wenn du eine Woche im Bett liegen bleiben wolltest, wo Paul doch von uns gegangen ist-«

»Ich bin nicht wegen Paul hier«, sagte sie mit fester Stimme. »Ich bin hier, weil ich einen Gefallen brauche.«

»In Ordnung«, zögerte Sheriff Chomski, unsicher, ob er zustimmen sollte, bevor er wusste, worum es ging. »Du weißt, ich bin immer für dich da-«

»Nicht vom Sheriff«, sagte Karen und warf ihr Haar über eine Schulter. »Ich brauche einen Gefallen von meinem Freund aus dem Kindergarten. Erinnerst du dich, als ich von der Rutsche gefallen bin und mir das Knie aufgeschürft habe? Du hast mir geholfen, zum Krankenzimmer zu gehen.«

»Das stimmt«, stimmte Sheriff Chomski zu. Er begegnete diesem Problem oft, da er in der gleichen Stadt arbeitete, in der er sein ganzes Leben verbracht hatte. Es war schwierig, auf Recht und Ordnung zu bestehen, wenn sich jeder in der Stadt an einen als schlaksigen Teenager erinnerte.

»Du und ich kennen diesen Ort. Wir wissen, was er bedeutet. Diese Detektive, die du hergebracht hast-«

»Annie und Ethan.«

»Na ja, die verstehen unsere Gepflogenheiten nicht so wie wir. Die werden versuchen, etwas draus zu machen, was nicht da ist, sobald sie den Bericht sehen.«

»Der Streit zwischen dir und Paul?«, seufzte Sheriff Chomski. »Das ist Jahre her. Sie werden sich nichts dabei denken. Ein häuslicher Streit führt nicht automatisch zu Mordanschuldigungen.«

»Nicht der«, Karen schüttelte den Kopf. »Der andere. In der Bar, vor einer Woche. Der Streit zwischen Paul und Riggs.«

Sheriff Chomskis Augenbrauen hoben sich überrascht. »Das war nur Paul, der betrunken war«, sagte er. »Sie werden dem keine Beachtung schenken.«

»Ich will, dass er gelöscht wird«, antwortete Karen.

»Warum?«

Es folgte eine lange Pause, in der Karen überlegte, wie sie antworten sollte.

»Machst du dir Sorgen um Pauls Vermächtnis?«, fuhr Sheriff Chomski fort. »Das brauchst du nicht. Jeder hier wusste, dass Paul ein fleißiger Mann mit ein paar Schwächen war, eine davon war seine Vorliebe für Whiskey. Wenn dieser

Bericht rauskommt, wird das keine Rolle spielen. Es sei denn, Gladys bekommt ihn in die Finger, und dann-«

»Nicht Paul«, sagte Karen. »Es ist nicht Paul, um den ich mir Sorgen mache.«

Sheriff Chomski musterte sie von oben bis unten und verstand plötzlich, warum sie zu ihm gekommen war.

»Außenseiter werden nicht immer freundlich behandelt«, sagte Karen. »Was in dieser Nacht passiert ist - es war meine Schuld. Ich möchte nicht, dass jemand eines Verbrechens beschuldigt wird, das er nicht begangen hat, wegen einer Entscheidung, die ich getroffen habe.«

Sheriff Chomski nickte. Seine Loyalität zum Gesetz war seine viertwichtigste Verpflichtung. Seine dritte war seine Verpflichtung gegenüber Sunray. Seine zweite war seine Verpflichtung gegenüber seiner Familie. Und seine erste war seine Verpflichtung gegenüber Gott.

Er kannte Karen seit ihrer Kindheit. Und wenn sie sich in Schwierigkeiten gebracht hatte, schien es das Richtige zu sein, ihr zu helfen, wieder herauszukommen. Sie war seine Nachbarin und seine Jugendfreundin.

»Ich werde es verschwinden lassen«, sagte er. »Komm rein. Du siehst aus, als könntest du eine Tasse Kaffee gebrauchen.« Er führte sie ins Büro des Sheriffs, nicht sicher, ob er das Richtige getan hatte, aber zufrieden, dass er dem treu geblieben war, was am wichtigsten war. »Stacey kommt später vorbei. Gibst du immer noch Bildhauerei-Unterricht? Sie könnte eine Lektion gebrauchen. Will Sheriff werden wie ich, aber ich versuche, sie in eine andere Richtung zu lenken. Mittlerweile würde ich mich sogar mit Kunst zufriedengeben.«

»Für dich?«, lächelte Karen. »So viele Stunden, wie du brauchst.« Die Tür schloss sich leise hinter ihnen.

KAPITEL SIEBEN

»HIER WOHNT ALSO DEINE QUELLE?«, fragte Ethan Annie und deutete auf ein Gewirr von Rankpflanzen vor ihm. Sie waren so dicht in der Erde verwurzelt, dass sich ihre sich windenden Äste – die leuchtend rote Blüten trugen – ineinander zu verschlingen schienen und das Rankgitter, an dem sie wuchsen, zu einem Durcheinander machten. Das Rankgitter lehnte an der Außenwand eines kleinen Geräteschuppens, dessen Türen weit offen standen. Im Inneren hingen Schaufeln und Eimer an den Wänden, und auf dem Boden standen Pakete mit Dünger. »Ist er ein Kolibri?«

»Er hat seine eigenen Methoden«, zuckte Annie mit den Schultern. Sie untersuchte die Ranken und das Rankgitter und zuckte angesichts der Seltsamkeit des Ganzen mit den Schultern. »Ehrlich gesagt, glaube ich, er könnte etwas Hilfe gebrauchen. Er hat den Eingang zu offensichtlich gemacht.«

»Den Eingang?«, fragte Ethan. »Eingang wozu?« Er blickte um das Rankgitter herum, das auf einem ansonsten leeren Fleckchen Land stand. Der Bauernhof sah zu dieser Jahreszeit kahl aus, da die kommenden Ernten nichts als Samen im Boden waren. Dieses Land war völlig leer, mit Ausnahme des Geräteschuppens und eines alten Hauses in weiter Ferne.

»Seltsam, den Geräteschuppen so weit vom Haus entfernt aufzustellen, nicht wahr?«, stellte Annie fest. Sie beugte sich näher an das Rankgitter und fuhr mit den Fingern über die Ranken. »Sollen wir?«, fragte sie. Ohne ein weiteres Wort zog sie kräftig an den Ranken, und das Rankgitter schwang auf und enthüllte eine geheime Tür. Scharniere säumten die linke Seite, verborgen unter den Ranken, die unter dem Druck ächzten, aber – nach den Falten in ihren zarten Ästen zu urteilen – schienen die Pflanzen an den Eingriff gewöhnt zu sein.

Ethan spähte durch die Tür und entdeckte eine Treppe innerhalb des Lagerraums, die in die Erde hinabführte. »Aber ich habe den Schuppen überprüft!«, rief Ethan aus. Er kehrte zu den offenen Türen des Schuppens zurück, um sich zu vergewissern, und fand an der Rückwand nichts als hängende Werkzeuge. Annie gesellte sich zu ihm und klopfte gegen die Wand, sodass ein hohles Geräusch widerhallte. »Es ist eine falsche Wand«, erklärte sie. »Die Treppe ist auf der anderen Seite. Und der Eingang ist-«

»Durch das äußere Rankgitter«, schüttelte Ethan den Kopf. »Ich kenne solche Typen. Sag mir nicht, er ist ein Weltuntergangsfanatiker.«

»Das würde ich nicht sagen. Ich würde einfach sagen, er ist unglaublich gut vorbereitet«, lächelte Annie, trat aus dem Schuppen und ging zurück zum neu entdeckten Eingang im Rankgitter.

»Weiß er, dass wir kommen?«

»Das Ding mit Milo«, versicherte sie ihm, »ist, dass er dazu neigt, alles zu wissen. Und so wird er uns helfen.«

Damit machte sie sich auf den Weg die Treppe hinunter und verschwand in der Dunkelheit, Ethan zwei Schritte hinter ihr.

———

»Ihr habt das Rankgitter hinter euch geschlossen, oder?«, fragte Milo und strich sich das dunkle Haar aus den Augen. Mit fünfundzwanzig Jahren navigierte Milo noch immer zwischen der Unbeholfenheit seiner Jugend und der Unabhängigkeit des Erwachsenenalters. Sein Topfschnitt hing tief über seine Brille, seine Haut war blass, seine Gestalt drahtig. Er saß vor einem Computer, unbeeindruckt von den Betonwänden des Bunkers, die ihn umgaben.

»Haben wir«, versicherte ihm Ethan und sah sich im Raum um. »Weißt du, für einen Bunker ist das eigentlich ziemlich-«

»Nett?«, bot Milo an. »Ja, als ich meinen Abschluss gemacht habe, haben meine Eltern mich diesen Ort in meine eigene kleine Festung verwandeln lassen. Sie denken, ich sei verrückt, aber wenn der nächste Bürgerkrieg ausbricht, werde ich bereit sein.«

»Es ist reizend«, lächelte Annie ihn an und blickte sich im Raum um. Der Bunker war in eine eigene Kellerwohnung umgewandelt worden. In der hinteren Ecke befand sich eine vollständig eingerichtete Küche mit Ober- und Unterschränken und beeindruckenden Fliesen. Sie war auf ein offenes Wohnzimmer ausgerichtet, in dem ein weicher Cordsofa vor einem riesigen Flachbildfernseher stand.

Am anderen Ende des Bunkers betätigte Ethan einen Lichtschalter und spähte durch die offene Tür eines Hauptschlafzimmers mit angeschlossenem Bad. »Ziemlich schick für einen Überlebensschutzraum«, stimmte Ethan zu. »Was hat dich dazu bewogen, weißt du – umzubauen?«

»Hast du die Mietpreise heutzutage gesehen?«, fragte Milo. »Besser, ich gestalte meinen eigenen Raum um und arbeite mit dem, was ich habe. Außerdem bin ich hier sicherer als irgendwo sonst.« Er zeigte nach oben auf die Stahldecke. »Die Regierung kann mein Signal nicht so leicht verfolgen. Weißt du, die NSA hört alles ab. Nicht nur am Telefon, sondern auch über das Internet. Aber ich bin den Alphabetbehörden immer einen Schritt voraus...« Milo hielt inne, als hätte er einen schweren Fehler gemacht, und wandte sich dann an Annie. »Du hast gesagt, er ist cool, richtig?«

»Ethan ist cool«, bestätigte Annie. »Er ist beim FBI, aber er will genauso sehr wie ich herausfinden, wer der Immobilien-Schlitzer ist.«

Milo nickte. »Ich kann euch helfen«, sagte er. »Aber ihr müsst Sheriff Chomski bei dem Fall Paul Kaminski etwas unter die Arme greifen. Es war ein Glücksfall, dass ihr schon hier draußen wart-«

»Warum interessierst du dich für den Kaminski-Fall?«, fragte Ethan neugierig.

»Nicht ich«, schüttelte Milo den Kopf. »Meine Freundin Stacey ist die Tochter des Sheriffs. Die Sache mit Sheriff Chomski ist, nun ja, er gerät ziemlich aus der Fassung, wenn etwas passiert, das außerhalb seines Kompetenzbereichs liegt. Sie macht sich Sorgen darum, und wenn es ihr Problem ist, ist es auch mein Problem.« Milo drehte sich in seinem Computerstuhl, ein Fidget Spinner kreiste um seinen Finger. »Außerdem möchte ich die Gemeinschaft in Sicherheit wissen. Wenn ein Mörder frei herumläuft, will ich, dass er gefasst wird. Das Besondere an einem Ort wie diesem ist, dass wir zusammenhalten.«

»Wir haben mit dem Sheriff gesprochen«, bestätigte Annie. »Wir werden herausfinden, wer Paul Kaminski getötet hat. Aber im Gegenzug brauche ich, dass du etwas tust, was weder Ethan noch ich selbst tun können.«

»Gerne«, sagte Milo und deutete auf die Reihe von Bildschirmen vor ihm. Ein Dutzend Monitore waren an der Wand befestigt, übersät mit Computercode und Proxy-Website-Hubs. »Was braucht ihr? Informationen über einen Verdächtigen? Namen, Adressen?«

Annie griff in ihre Aktentasche und zog einen Briefumschlag aus Manila heraus, den sie Milo reichte. Er öffnete ihn und entnahm eine Liste von IP-Adressen.

»Die Person, die meinen Bruder getötet und Ethans Schwester entführt hat, hat sich kürzlich an mich gewandt, um mich in eine Ermittlung hineinzuziehen. Sie wussten, dass ein Mord begangen worden war, und schrieben einen Brief, der mir per Kurier zugestellt wurde, um mich dazu zu bringen, den Fall zu übernehmen. Das Problem ist, dass der Brief nur wenige Stunden nach dem Mord eintraf. Das bedeutet, sie haben über Polizeiserverauf den Fall zugegriffen. Unser Freund hat eine Überprüfung durchgeführt und festgestellt, dass in der Zeit zwischen dem Mord und dem Versand des Briefes von einer dieser IP-Adressen auf die Fallinformationen zugegriffen wurde. Es ist ein Radius von vier Bundesstaaten. Ich muss alles über diese IPs wissen.«

»Könnte eine Weile dauern«, nickte Milo. »Das Problem ist, dass jede IP-Adresse mit einem bestimmten Computer verbunden ist, und wir können nicht wissen, wie viele Personen darauf zugegriffen haben, ohne ernsthafte Recherchen. Ich rede von Überwachungskameras, Tastenaufzeichnungen...«

»Alles davon«, stimmte Annie zu. »Ich will jede einzelne Person kennen, die auf diese Computer auf der Liste zugegriffen haben könnte.«

»Ich werde durch die Hintertür der NSA gehen müssen«, murmelte Milo laut. »Sie sind die Einzigen, die diese Art von Zugang haben. Telefonanrufe. Sprachnachrichten. E-Mails.«

»Ich höre nichts von all dem«, sagte Ethan mit einem gequälten Gesichtsausdruck. Er gab vor, eine Wand mit gefriergetrockneten Überlebensnahrungsmitteln zu untersuchen und beschäftigte sich damit, die Etiketten auf der Rückseite der Packungen zu lesen.

»Wenn das FBI einen besseren Job machen kann, lass sie«, lächelte Milo ihn an. »Oh, aber warte, du brauchst einen *Durchsuchungsbefehl*-«

»Weil das das Gesetz ist!«, konterte Ethan.

»Alter«, Milo fuhr sich mit der Hand durchs Haar.

»Kapierst du es nicht? Das Gesetz funktioniert nur in eine Richtung: Es geht darum, womit jemand durchkommt und womit nicht.« Er lehnte sich vor und umklammerte die Kanten seines Stuhls. »Das Gesetz besagt, dass Privatpersonen nicht von der Regierung ausspioniert werden sollen, und trotzdem gibt es die NSA. Was ist das Gesetz außer Regeln von Leuten an der Macht?«

»Das ist was anderes«, sagte Ethan mit zusammengebissenen Zähnen.

»Warum?«, zuckte Milo mit den Schultern.

»Weil sie die Guten sind. Wir sind die Guten.«

Milo lachte. »Ja«, sagte er und wedelte mit den Papieren, die er in der Hand hielt, in der Luft. »So gut, dass ihr nach einem Serienmörder sucht, der wahrscheinlich auch Polizist ist. Tut mir leid, Alter, aber es ist nicht die Uniform, die jemanden gut oder böse macht.«

»Ihr müsst es geheim halten«, warf Annie ein und versuchte, die Situation zu entschärfen. »Niemand darf wissen, dass wir herumschnüffeln.«

»Verschwiegenheit ist mein zweiter Vorname«, lächelte Milo. »Es ist dieser Typ, um den ihr euch Sorgen machen müsst«, nickte er in Richtung Ethan und beugte sich dann zu Annie, um ihr zuzuflüstern. »Dem steht 'Petze' auf die Stirn geschrieben.«

»Ich stimme zu«, lachte Annie und nahm Ethans verärgerten Gesichtsausdruck in sich auf. »Aber er ist meine Petze.« Und damit führte sie Ethan an der Hand die Treppe hinauf, in der Hoffnung, dass Kaffee und ein Cheeseburger ihn wieder ins Leben zurückbringen würden.

KAPITEL ACHT

DIE POLIZEISTATION in Sunray war ein Außenposten des größeren Hauptquartiers im Chesapeake County. Das Äußere des zweistöckigen Gebäudes stammte noch aus der Gründerzeit und hatte sich in über hundert Jahren kaum verändert. Holzpfeiler stützten das Vordach, und die Steinmauern waren durch Witterungseinflüsse gezeichnet. Im Inneren war die Station gemütlich und einladend.

»Hier ist es ein Zwei-Personen-Job«, sagte Sheriff Chomski zu Annie und Ethan und nickte zu seiner Partnerin, Kadett Stacey Chomski, am anderen Ende des Raums. Stacey war kaum dreiundzwanzig und verbrachte als Beamtin in Ausbildung die meiste Zeit damit, den Empfang zu überwachen und Papierkram zu erledigen. »Stacey kriegt das hin«, lächelte der Sheriff.

»Ich bin seine Tochter, also muss er das sagen«, entgegnete Stacey. »Ich habe euch in Dads Büro eingerichtet. Er meinte, er könne ein paar Wochen darauf verzichten und es ertragen, hier draußen im Großraumbüro mit mir zu arbeiten.«

Sie führte Annie und Ethan in den einzigen anderen Raum des Gebäudes. Es war ein ordentlicher Raum mit einem Schreibtisch in der Mitte und zwei Stühlen auf der gegenüberliegenden Seite. An den Wänden hingen Fotos von Sheriff Chomski, seiner Frau und Stacey, zusammen mit einem Hochschulabschluss und einem gerahmten Baseball-schläger mit der Unterschrift eines Sportlers an der Seite.

»Hat Milo euch gesagt, wie wichtig das ist?«, flüsterte Stacey, als sie die Tür schloss.

»Hat er«, bestätigte Annie.

»Und Dad weiß nicht, dass ich euch angefordert habe, oder?«

»Wir haben gesagt, das FBI hätte uns geschickt«, antwortete Ethan. »Was in gewissem Maße auch stimmt. Sie haben mir die Erlaubnis gegeben, in diesem Fall zu helfen, da er mit einem größeren ... *Problem* zusammenhängt, dem wir auf der Spur sind.«

»Gut«, Stacey atmete erleichtert auf. »Die Sache ist die, Verbrechen hier drehen sich normalerweise um die örtliche High School oder einen Verkehrsunfall. Wir hatten nur ein paar ernsthafte Situationen, solange ich lebe.« Sie setzte sich auf den Stuhl ihres Vaters und zog die Beine an die Brust. »Und der letzte ... das war der Mord an einem Obdachlosen, der nur auf der Durchreise war. Mein Dad wäre bei dem Versuch, den Fall zu lösen, fast durchgedreht. Er hat meine Mutter in den Wahnsinn getrieben. Hat sich selbst krank gemacht. Das war vor einem Jahrzehnt, und ich war noch ein Kind, aber ich erinnere mich noch, wie schlimm es war. Ich möchte nie wieder erleben, dass ihm so etwas passiert.«

»Wir werden der Sache auf den Grund gehen, damit dein Vater es nicht tun muss«, sagte Annie. »Keine Sorge.«

»Ich glaube, er ist erleichtert, dass ihr hier seid«, meinte Stacey. »Es scheint ihn nicht einmal zu stören, dass ihr die Führung übernehmt. Nach dem letzten Mal - vielleicht empfindet er genauso wie ich.«

»Könnte sein«, stimmte Ethan zu.

»Trotzdem ist er kein großer Fan von Milo«, Stacey errötete, als sie ihren Freund erwähnte. »Er sagt, er sei ein Rowdy, ein Anarchist und ein Regelbrecher. Ich sage ihm, dass nur zwei davon stimmen, aber ich sage nicht, welche zwei.« Stacey lachte.

»Milo hat definitiv seine eigene Art, Dinge anzugehen«, stimmte Annie zu.

Stacey öffnete eine Schublade im Schreibtisch und zog einen Stapel Akten heraus. »Die habe ich für euch besorgt«, sagte sie und reichte Annie die Akten. »Mein Dad sagte, ihr wolltet mit allen sprechen, die Zugang zum Eckladen hatten. Er hat die Familie im Westen angerufen und den Namen von jeder einzelnen Person bekommen, die einen Schlüssel hat. Wir haben eine Hintergrundprüfung bei allen durchgeführt, und dann, als Dad nicht hinsah ... ließ ich Milo ein bisschen *tiefer* graben, wenn ihr versteht, was ich meine. Er wird euch alles mailen, was er findet.«

»Hilfreich«, stimmte Annie zu. »Vielen Dank.«

»Gern geschehen«, Stacey hellte sich auf und stand auf, da sie spürte, dass ihre Gäste Zeit für sich wollten. »Lasst es uns wissen, wenn ihr etwas braucht. Und nochmals danke.« Damit verließ sie den Raum und schloss leise die Tür hinter sich.

»Kein schlechter Raum zum Arbeiten«, Ethan sah sich um und bewunderte die Bilder an der Wand. »Daran könnte ich mich selbst gewöhnen.«

»Ich dachte, das Landleben wäre nichts für dich?«, lächelte Annie.

»Das dachte ich auch, aber ich verstehe, was Stacey meint. Je mehr man sieht, desto mehr häuft sich an. Und es hat nirgendwo hin zu gehen, also schiebt man es beiseite, und dann hat man all diese Kisten in seinem Kopf, die man nicht ausleeren kann. Vielleicht braucht Sheriff Chomski einfach Zeit, um alles auszuleeren. Der arme Kerl *wirkt* tatsächlich erleichtert, dass wir hier sind.«

»Und?«, fragte Annie.

»Und vielleicht hat er die richtige Idee. Vom Leben. Vielleicht finden wir, nachdem wir herausgefunden haben, wer der Immobilien-Schlitzer ist und wir ihn hinter Gittern sehen -«

»Was?«

»Vielleicht finden wir eine Kleinstadt. Helfen, die Leute dort sicher zu halten. Und trinken Eistee auf einer Veranda.«

»Wer bist du und was hast du mit Ethan Beckett gemacht?«, lächelte Annie.

»Du willst keinen Eistee mit mir trinken?«

»Kommt auf die Veranda an.«

Annie öffnete die Akten und fand in jeder ein Foto zusammen mit verschiedenen Informationen über die jeweilige Person. Sie nahm die Bilder nacheinander heraus, suchte im Schreibtisch nach einer Sammlung von Stecknadeln und hängte sie an eine Pinnwand auf der anderen Seite des Raums.

»Du gehst nicht auf meine Idee ein?«, fragte Ethan, der sich die Gelegenheit nicht entgehen lassen konnte, Annie zu necken.

»Ganz im Gegenteil«, antwortete Annie. »Ich versuche, dich dieser Veranda einen Schritt näher zu bringen. Wir können uns ausruhen, wenn wir fertig sind.« Sie deutete auf die Fotos an der Tafel. »Unsere Verdächtigen«, sagte sie. »Fünf Personen hatten Zugang zum Eckladen. Es versteht sich von selbst, dass es auch möglich ist, dass sie ihre Schlüssel an jemand anderen verliehen haben oder dass Paul in jener Nacht jemanden mitgebracht hat. Im Moment sind das unsere Anhaltspunkte, aber wir müssen offen sein für andere Möglichkeiten, die sich ergeben.«

»Verstanden«, sagte Ethan.

»Als Erstes«, fuhr Annie fort und las aus der ersten Akte vor. »Haben wir Gladys. Sie ist eine Nachbarin und ihr Grundstück grenzt an den Eckladen. Die Familie im Westen gab an, dass sie ihr eine Kopie des Schlüssels gegeben haben, der nur für Notfälle verwendet werden sollte.«

»Man sollte meinen, das hier würde als Notfall durchgehen«, sagte Ethan. »Hat sie von dem Mörder gehört?«

»Sie behauptet, sie habe nichts gehört oder gesehen, bis der Sheriff eintraf«, sagte Annie. »Als Nächstes haben wir Dr. Ted Burns.«

Sie zeigte auf das zweite Bild an der Tafel, das einen markant aussehenden Mann im Anzug zeigte, dessen mit einer Brille versehene Augen sie anblickten. »Dr. Burns ist ein Forscher von der University of Virginia. Zum Leidwesen der Familie sammelt er Informationen für die historische Gesellschaft, da Sunray eine einzigartige Position als amerikanische Kolonie einnimmt, die von polnischen Einwanderern gegründet wurde.«

»Die Familie ist unglücklich über die Forschung?«

»Ja«, sagte Annie und las aus der Akte vor.

»Aber sie haben ihm trotzdem einen Schlüssel gegeben?«

»Offenbar gab es Druck aus der umliegenden Gemeinde, Dr. Burns Zugang zu gewähren. Der Sophia-Barnak-Laden war das erste Geschäftsgebäude, das in der Stadt errichtet wurde und spielte zusammen mit der ursprünglichen Kirche und dem Schulgebäude eine zentrale Rolle in der Entwicklung von Sunray. Die Familie wollte den Wünschen der Gemeinde nachkommen, also gaben sie schließlich nach und gewährten Dr. Burns Zugang.«

»Klingt plausibel«, sagte Ethan. »Ich würde es genauso machen. Es ist besser, sich mit seinen Nachbarn gut zu stellen.«

»Besonders in einer kleinen Gemeinde«, stimmte Annie zu. »Als Nächstes haben wir die Maklerin, Veronica.« Annie zeigte auf das dritte Foto an der Tafel, das Veronica in einer Bluse mit verschränkten Armen und einem Lächeln zeigte. »Sie ist jung. Ehrgeizig. Gerade bei Southern Realty eingestiegen. Die Familie erlaubte ihr, das Grundstück zu listen, nachdem sie einen Kaltanruf erhalten hatte. Sie hatte verschiedene Grundbesitzer in der Gegend kontaktiert, um zu sehen, ob sie verkaufen wollten, und es traf sich, dass die Familie im Westen bereits darüber nachgedacht hatte, das Grundstück zu listen.«

»Wenn man genug Versuche startet, muss einer klappen«, stimmte Ethan zu. »Hat sie es verkauft?«

»Es steht seit sechs Monaten zum Verkauf ohne Erfolg, aber jetzt gibt es endlich ein Angebot in Aussicht«, antwortete Annie. »Sie hat einen Schlüssel, um Zugang zum Laden zu haben und potenziellen Käufern den Raum zu zeigen.«

»Und wer ist dieser Hingucker?« Ethan nickte zum vierten Bild in der Reihe - ein Foto von Riggs an einer Ausgrabungsstätte, von Schlamm bedeckt.

»Sein Name ist Riggs«, las Annie aus der nächsten Akte vor. »Er ist ein Schatzsucher. Er zieht von Ort zu Ort, sucht nach wertvollen Artefakten aus verschiedenen historischen Epochen und lebt von den Einnahmen seiner Funde. Seine Ethik wurde zwar manchmal in Frage gestellt, aber er ist legitim.« Sie griff in die Akte und hielt einen Ausdruck eines Zeitschriftenartikels hoch, der Riggs' Unternehmungen beschrieb. »In dem Artikel nennen sie ihn einen Antiquitätenpiraten.«

»Warum ist er hier?«, fragte Ethan. »Es gibt keine Antiquitäten in Sunray. Amerika ist zu jung dafür.«

»Es scheint, als hätte er seit einer Weile keinen großen Erfolg mehr gehabt«, sagte Annie und überflog seine Akte. »Er hat sich kleineren Projekten zugewandt, um weiter Geld zu verdienen. Koloniale Antiquitäten. Indigene Artefakte. Ich habe den Eindruck, er hat das Geld von seinen Ausgrabungen im Ausland durchgebracht. Er sitzt fest, ist an Nordamerika gebunden, bis er wieder zu Geld kommt.«

»Wonach sucht er?«

»Die Familie berichtet, dass Sophia Barnak bei ihrem Tod sagte, sie hätte etwas auf dem Grundstück vergraben. Sie behauptete, es sei etwas von großem Wert, und sie hätte es auf der Farm versteckt, wo es niemand finden würde. Jahrelang nach ihrem Tod kamen Nachbarn nachts mit Schaufeln zum Graben.«

»Nette Nachbarn«, lachte Ethan. »Interessant, dass unser Opfer mit einer Schaufel erschlagen wurde, nicht wahr?«

»Allerdings«, stimmte Annie zu. »In dreißig Jahren hat niemand etwas gefunden. Aber die Familie erlaubt Riggs, das Grundstück zu überprüfen, bevor der Verkauf abgeschlossen wird. Zur Beruhigung. Du weißt schon, nur -«

»- für den Fall der Fälle? Kann ich verstehen. Ich würde es genauso machen. Es wäre schade, den Ort zu verkaufen, bevor man den Schatz gefunden hat.«

»Sobald die Idee eines versteckten Schatzes in deinem Kopf ist - sobald die Frage aufgeworfen wurde - ist es schwer, den Gedanken loszuwerden, nicht wahr?«, stimmte Annie zu. »Selbst wenn man nie ein Stück davon finden würde, würde man sich immer fragen.« Sie griff nach der nächsten Akte und warf einen Blick auf das letzte Bild an der Tafel. Das Foto war ein charmantes Bild einer Frau Ende 50 mit dunklem Haar und schien aus einem Zeitungsausschnitt zu stammen. Es zeigte sie vor einem alten Farmhaus stehend, neben ihr eine riesige Skulptur eines geflügelten Engels. »Zu guter Letzt haben wir Karen Kaminski. Paul Kaminskis Frau. Sie hatte Zugang zu einem Schlüssel für den Laden, da Paul sich um das Grundstück kümmerte. Sie waren dreißig Jahre verheiratet. Beide stammen aus dieser Gegend. Anscheinend kannten sie sich schon als Kinder und ihre Familien standen sich nahe.«

»Gibt es Hinweise darauf, ob die Ehe glücklich war?«, fragte Ethan.

»Nein, aber ich bin sicher, wir können mehr darüber herausfinden, wenn wir mit ihr sprechen«, lächelte Annie. »Offenbar hat sie den Skulptur-des-Jahres-Preis bei der örtlichen Kunstmesse gewonnen. Sie ist eine recht talentierte Künstlerin. Ihre Biografie besagt, dass sie hier und da einige Stücke verkauft hat, sogar einige in Galerien hatte.«

»Bildhauerei ist ein seltenes Talent für jemanden, der sich als Mörder herausstellt«, sinnierte Ethan. »Ich habe die meisten Künstler als friedfertige Typen erlebt.«

»Das ist ein ausgezeichneter Verdacht«, antwortete Annie. »Aber wir werden warten, bis wir die Fakten ermittelt haben.«

»Wen möchtest du zuerst befragen?«

»Ich fange mit derjenigen an, die sich am meisten untypisch verhält, basierend auf dem, was wir über sie wissen«, sagte Annie, ging zur Tafel und nahm ein einzelnes Foto ab. Gladys' Gesicht strahlte ihr entgegen, ein Paar Perlenohrringe schmückte ihre niedlichen kleinen Ohren.

»Sieht wie eine nette Dame aus«, sagte Ethan.

»Tun sie das nicht immer?«, antwortete Annie. »Es sind die netten, vor denen man sich in Acht nehmen muss.«

»Das klingt für mich sehr nach einem Verdacht.«

Annie lächelte in sich hinein. Sie war der Typ, der sich an der eigenen Heuchelei erfreute, und obwohl sie es nie laut zugeben würde, liebte Annie es, dass ihre Verdächtigungen so oft zu Fakten führten.

»Lass uns ein Treffen vereinbaren.«

KAPITEL NEUN

GLADYS

Gladys' Wohnzimmer war wie eine teppichbelegte Höhle. Schwere Vorhänge verdeckten riesige Fenster und hielten das Licht draußen. Gestreifte, rosa Tapete bedeckte jede Ecke. Über ihnen hingen antike Leuchten gefährlich tief, ihre Glastropfen staubig durch mangelnde Pflege.

»Paul war so eine Säule der Gemeinschaft«, sagte Gladys. Sie saß am Queen-Anne-Tisch im Essbereich des Wohnzimmers, eine Teekanne in der Hand. »Genau wie ich ist er das, was wir einen Alteingesessenen nennen. Hier geboren. Hier aufgewachsen. Er kannte Sunray besser als jeder andere. Dieser Ort war ein Teil von ihm - und er war ein Teil davon.« Gladys neigte die Teekanne und goss bernsteinfarbene Flüssigkeit in zwei Teetassen, die vor ihren Gästen - Annie und Ethan - standen. Sie saßen ihr am Tisch gegenüber, die Hände höflich in ihrem Schoß gefaltet.

»Sie kannten Paul also gut?«, fragte Annie, hob die Tasse an ihre Lippen und zwang sich zu einem Schluck. Sie hatte bemerkt, dass die Teetassen mit Staub bedeckt waren, zwang sich aber, höflich zu sein und etwas zu trinken. Ethan beobachtete, wie Annie ihren Tee hinunterwürgte, und unterdrückte den Drang zu lachen.

»Sehr gut«, bestätigte Gladys. »Wir waren mehr als nur Nachbarn. Wir sind zusammen aufgewachsen. Unsere Eltern waren befreundet, und wir gingen in dieselbe Grundschule. Das ist etwas Besonderes an Sunray. Familiäres Erbe. Unsere Vorfahren wuchsen zusammen auf, und wir auch.« Gladys stand auf, ging zu den Vorhängen, die ein Fenster verdeckten, und schob sie auf. Der Duft vergangener Tage hing in der Luft. »Schauen Sie in diese Richtung«, nickte sie auf das offene Ackerland vor ihr. Heute war es nur Erde, aber Furchen im Boden zeigten, dass Samen gepflanzt worden waren. Das Versprechen künftiger Fülle brodelte im Boden. »Sie befinden sich inmitten der Triade des ursprünglichen Ackerlandes. Mein Grundstück. Pauls Grundstück. Und Sophia Barnaks Eckladen. Unsere drei Grundstücke waren die ersten, die von polnischen Einwanderern besiedelt wurden. Unsere Vorfahren kamen mit nichts, und sie bauten diesen Ort auf. Im Laufe der Zeit haben sich einige der Grundstücke verändert, aber wir versuchen alle, den Besitz in der Familie zu behalten. Diese drei...«, sie zeigte aus dem Fenster in die Ferne, wo der Eckladen sichtbar war, »diese drei Grundstücke sind seit Generationen in denselben Familien geblieben.«

»Bis jetzt«, sagte Annie und räusperte sich. Als Gladys nicht antwortete, bot sie eine Erklärung an. »Wegen des Verkaufs. Die Familie im Westen verkauft das Grundstück. Sie wussten das natürlich?«

Gladys setzte sich wieder und seufzte schwer. »Es gibt nicht viel, was hier passiert, das ich *nicht* weiß«, sagte sie. »Wir haben versucht, sie zu überzeugen, nicht zu verkaufen, aber sie waren fest entschlossen. Jahrelang hatten sie das Land verpachtet.«

»An wen verpachtet?«, fragte Annie, plötzlich sehr neugierig.

»An ein Geschwisterpaar. Sie sind hier aufgewachsen und bewirtschafteten das Land, beschlossen aber wegzuziehen. Da fing die Familie an, vom Verkauf zu sprechen.«

»Aber Sie hätten es vorgezogen, wenn sie es nicht getan hätten?«, bohrte Annie nach.

Gladys warf die Hände in die Luft, als wolle sie sagen, sie meine es gut, sei aber zu ihrer Meinung berechtigt. »Es geht mich nichts an«, sagte Gladys, und Annie hatte den deutlichen Eindruck, dass dies etwas war, was sie ziemlich oft sagte, »aber hier wird es im Allgemeinen bevorzugt, dass Land in der Familie bleibt. Es ist eine polnische Tradition. Man teilt das Land in kleinere Stücke und hinterlässt es seinen Kindern oder nächsten Verwandten. Es zu verkaufen, nun, ich muss Ihnen nicht sagen. Es verändert die Gemeinschaft.«

»Gibt es andere, die genauso empfinden?«, fragte Annie.

»Natürlich«, zuckte Gladys mit den Schultern.

»Sie würden es wohl wissen«, drängte Annie. »Ich habe gehört, Sie sind hier gut vernetzt. Ich glaube, Sie wurden mir als das Herz der Stadt beschrieben.«

Gladys errötete, und Ethan schüttelte den Kopf. Er hatte definitiv *nicht* gehört, dass Gladys als das Herz der Stadt beschrieben wurde. Tatsächlich erinnerte er sich deutlich daran, dass die Tochter des Sheriffs Annie gesagt hatte, Gladys sei das Arschloch der Stadt. Aber Annie neigte dazu zu übertreiben, wenn es ihren Zielen diente.

»Das ist schmeichelhaft«, stimmte Gladys zu. »Aber es liegt einfach daran, dass ich am längsten hier lebe. Es gibt keine einzige Person, die ich nicht kenne.«

»Kannten Sie Sophia Barnak?«, fragte Annie.

Gladys nickte. »Ich war in meinen besten Jahren, als sie in ihren späteren Jahren den Laden führte. Sie gab mir immer eine Cola oder einen Milchshake aufs Haus, weil sie mich seit meiner Kindheit kannte. Sie war eine kluge Geschäftsfrau. Wusste, wie man die Gemeinschaft zufrieden hält.«

»Und was halten Sie von diesen Gerüchten über einen Schatz?«, fügte Annie hinzu. »Sie ist seit dreißig Jahren weg. Wenn sie wirklich einen Schatz auf der Farm versteckt hätte, wäre er doch inzwischen gefunden worden, oder?«

»Unsinn«, Gladys nahm einen Schluck von ihrem Tee. »Sophie hat das Ganze wahrscheinlich nur erfunden, um die Stadt verrückt zu machen. Ihr eigener privater Scherz, wenn Sie so wollen.«

»Warum sollte sie das tun?«, fragte sich Annie.

Gladys lehnte sich vor. »Hat einer von Ihnen beiden Geschwister?« Weder Annie noch Ethan antworteten, aber beide zuckten zusammen. Sie hatten ihre Geschwister vor Jahren bei einem Verbrechen verloren, das ungelöst blieb, und es war keine leichte Sache, darüber zu sprechen. Besonders nicht mit Verdächtigen in ihren Ermittlungen. Zum Glück überbrückte Gladys die Stille. »Nun, wenn man Geschwister hat, liebt man sie. Man würde für sie sterben. Aber man liest auch gerne ihr Tagebuch, neckt sie wegen ihres Schwarms und sagt ihnen, wenn sie in ihrer Lieblingsjacke dumm aussehen. Sophies Beziehung zu Sunray war so ähnlich. Sie liebte den Ort. Hätte alles dafür getan. Aber wer würde sich die Gelegenheit entgehen lassen, die ganze Stadt auf eine wilde Schatzsuche zu schicken, wenn sich die Möglichkeit bietet, ein wenig Spaß zu haben?«

»Überraschenderweise weiß ich genau, was Sie meinen«, stimmte Annie zu. »Nur noch ein paar Fragen...« Annie tat so, als würde sie einen Blick in ein Notizbuch an ihrer Seite werfen. Obwohl sie ein fotografisches Gedächtnis hatte und genau wusste, was sie als Nächstes fragen wollte, stellte Annie fest, dass es einen Verdächtigen beruhigte, wenn sie vorgab, weniger scharfsinnig zu sein. »Die Familie im Westen gab Ihnen einen Schlüssel. Warum war das so?«

»Sie wollten wissen, dass sie jemanden für Notfälle in der Nähe haben. Ich bin eine Nachbarin und ein vertrauenswürdiges Mitglied der Gemeinschaft. Ich nehme an, sie dachten, ich würde im Falle eines Brandes oder eines anderen Problems auf dem Grundstück zur Verfügung stehen.«

»Dafür hatten sie doch Paul, oder?«, sagte Annie.

»Ja, aber für den Fall, dass er nicht erreichbar war, war ich ihr Ersatzkontakt«, sagte Gladys.

»Aber warum Sie?«, hakte Annie nach. »Sie hätten jeden auswählen können. Es gibt einen Nachbarn auf der anderen Seite...«

»Aber natürlich haben sie mich ausgewählt!«, rief Gladys aus und versuchte, ihre Frustration zu verbergen. »Ich bin schließlich die Leiterin der Nachbarschaftswache. Ich habe den gesamten Telefonbaum der Gemeinde zur Verfügung. Es ist eine klare und offensichtliche Wahl. Sie haben mich absichtlich für die Aufgabe ausgesucht.«

»Was haben Sie in der Nacht von Pauls Ermordung gemacht?«, wechselte Annie das Thema.

»Ich-«, stotterte Gladys. »Ich saß auf der Veranda und genoss einen Eistee.«

»Die Veranda, die einen perfekten Blick auf den Eckladen hat?«, fragte Annie und ging für den entscheidenden Schlag vor.

»Nun, ja-«, antwortete Gladys.

»Haben Sie zum Zeitpunkt des Mordes irgendetwas gehört?«

»Nein, aber ich las auch gerade-«

»Haben Sie jemanden das Grundstück verlassen sehen oder irgendwelche Autos draußen geparkt?«

»Es war ziemlich dunkel«, konterte Gladys. »Ich weiß nicht, ob Sie es bemerkt haben, aber wir haben keine Straßenlaternen an dieser Straße. Ich setze mich schon seit einiger Zeit dafür ein, dass welche aufgestellt werden-«

»Haben Sie jemanden auf der Liste der Nachbarschaftswache angerufen, als die Polizei eintraf?«

»Ich- nun, ich dachte nicht daran-«

»Sicherlich hätten Sie den Telefonbaum aktiviert, sobald

Sie erkannt haben, dass ein Verbrechen begangen wurde. Ihre Akte zeigt tatsächlich, dass Sie den Telefonbaum im letzten Jahr ein Dutzend Mal aktiviert haben. Sie sind normalerweise ziemlich auf Zack.«

»Nun, ich...«, Gladys suchte nach einer Antwort, aber ihr fiel keine ein. »Ich wollte nicht aufdringlich sein«, sagte Gladys schließlich und entschied sich für die ihrer Meinung nach plausibelste Erklärung für ihr Verhalten. »Ich sah Sheriff Chomski ankommen, und als das Absperrband herausgeholt wurde, wusste ich, dass etwas Schreckliches passiert war. Ich wollte den Telefonbaum nicht alarmieren, bis ich sicher war, dass es hilfreich sein würde. Als ich später am Abend mit dem Sheriff sprach, versicherte er mir, dass es nicht nötig sei, jemanden anzurufen. Er sagte, er habe alles unter Kontrolle. Ich habe die Liste allerdings hier, wenn Sie sie möchten«, fügte sie hilfsbereit hinzu. »Vielleicht hat jemand etwas gesehen. Einige von ihnen wohnen an dieser Straße.«

»Das wäre sehr hilfreich, danke«, antwortete Annie. »Wir nehmen die Liste mit und machen uns dann auf den Weg.«

Gladys stand auf, holte eine Kopie der Nachbarschaftswachliste aus ihrem Büro und übergab sie Annie mit einem flauen Gefühl im Magen. Als sie ihre Gäste zur Tür begleitete, überkam sie das Gefühl, dass sie einen Fehler gemacht hatte, an jenem Abend nicht anzurufen.

»Ich wollte wirklich niemanden alarmieren oder die Ermittlungen behindern«, fügte Gladys hinzu, als sie Annie und Ethan die Haustür öffnete. »Paul war ein lieber Freund. Wenn ich irgendetwas getan hätte, das die Suche nach seinem Mörder behindert hätte, nun - ich würde mir das nie verzeihen.«

»Machen Sie sich keine Sorgen«, sagte Annie und nickte. Sie berührte Gladys' Arm mit sanftem Mitgefühl. »Es gibt absolut nichts, was Sie damals hätten tun können und nichts, was Sie *jetzt* tun könnten, das mich davon abhalten würde, herauszufinden, wer Paul Kaminski getötet hat. Das verspreche ich Ihnen.«

Mit diesen letzten Worten machten sich Annie und Ethan auf den Weg die Stufen der Veranda hinunter und schlenderten zu dem Mietwagen, den sie die Straße hinunter geparkt hatten. Gladys lief ein Schauer über den Rücken, und sie konnte das Gefühl nicht abschütteln, dass sie einen sehr, *sehr* großen Fehler gemacht hatte.

KAPITEL ZEHN

DR. BURNS

Dr. Burns klopfte nervös mit seinem Knie. Er saß auf dem Sofa in der Lobby des kleinen Bed & Breakfast, das er während seiner Forschungsreise hier in Sunray sein Zuhause nannte. Die Lobby war ein gemütlicher, charmanter Raum, der den Eindruck einer Bibliothek vermittelte. Überall waren Sofas verteilt, um den Gästen die Möglichkeit zu geben, in ihrer eigenen Ecke zu entspannen, und hohe Bücherregale säumten die Wände, deren Kiefernholzregale mit Büchern aller Genres gefüllt waren. Am hinteren Ende des Raumes befand sich ein Empfangstresen, und in den Sitzecken standen Couchtische verstreut. Ein kontinentales Frühstück war mit einer Auswahl an Gebäck aufgebaut, daneben stand ein Keurig-Kaffeeautomat.

»Es ist ein faszinierender Ort«, sagte Dr. Burns zu seinen Gästen. Annie und Ethan saßen ihm gegenüber auf einem weichen, cremefarbenen Sofa und genossen zwei Croissants auf Papptellern. »Ich meine Sunray. Es ist ein Stück amerikanischer Geschichte, das oft übersehen wird. Jeder erforscht gerne die Kolonialisten, aber die Einwanderungswellen der frühen 1900er Jahre bieten eine einzigartige Geschichte über unsere Vergangenheit.«

»Das ist also Ihr Fachgebiet?«, fragte Annie.

»Ja«, bestätigte Dr. Burns. »Mein Doktortitel ist in amerikanischer Geschichte, daher bin ich in der Lage, jede Zeitperiode zu erforschen. Aber ich spezialisiere mich auf spätere Einwanderungswellen, lange nach den ursprünglichen Kolonisten.«

»Entschuldigung«, warf Ethan ein. »Aber ich habe nicht mitbekommen - für welche Universität arbeiten Sie?«

»Die University of Virginia«, sagte Dr. Burns stolz und richtete seine Krawatte. »Unser Programm für US-Geschichte gehört zu den besten des Landes.«

»Und was hat Sie an Sunray gereizt?«, fragte Annie. »Ich meine, es gibt so viele Orte, an die Sie hätten gehen können. So viele verschiedene Einwanderungswellen. Italienische Gemeinden. Irische Gemeinden. War es die polnische Geschichte oder etwas Spezifisches an dieser Gegend?«

Dr. Burns nahm einen Schluck von seinem Kaffee, während er seine Antwort überlegte. »Nun, ich habe zufällig selbst polnische Vorfahren«, bot er an. »Aber es war nicht so sehr das, sondern die einzigartige Art und Weise, wie diese Gemeinschaft intakt geblieben ist. Es gibt Menschen, die hier leben - heute - die ihre Abstammung bis zu den ursprünglichen Gründern zurückverfolgen können.«

»Und welche Rolle spielte Sophia Barnaks Eckladen in all dem?«, fragte Annie vorsichtig. »Ich hoffe, es macht Ihnen nichts aus, aber Sheriff Chomski hat uns informiert, dass Sie einer der wenigen Personen sind, die einen Schlüssel dazu besitzen.«

Dr. Burns seufzte und lehnte sich zurück, um seine Beine zu strecken. »Die Forschung hält ohne den Eckladen nicht stand. Wissen Sie etwas darüber, wie die akademische Welt funktioniert?«

»Nein, wissen wir nicht«, bot Ethan an.

»Ich muss alles rechtfertigen, was ich tue«, sagte Dr. Burns und kratzte sich am Bart. »Meine Forschung wird durch Zuschüsse mit steigenden Meilensteinen finanziert, und an jedem Punkt muss ich mich erneut bewerben und beweisen, dass ich frühere Versprechen eingehalten habe, um die nächste Finanzierungsstufe zu erreichen.«

»Ihr Gehalt allein reicht nicht aus, um die Forschung zu unterstützen?«, fragte Annie.

»Oh, natürlich tut es das!«, sagte Dr. Burns, ein wenig zu enthusiastisch. »Da gibt es keine Probleme. Es ist eher eine Trennung von Kirche und Staat. Die Universität zieht es vor, dass wir uns für Forschungsausgaben auf Fördermittel verlassen, was für mich kein Problem darstellt. Allerdings ist die Sicherung von Fördermitteln eher politisch, und ich stehe vor Herausforderungen, da ich eine einzigartige Art habe, die Dinge zu betrachten.«

»Also warum der Eckladen?«

»Er unterstützt meine These«, sagte Dr. Burns. »Meine Forschung befasst sich mit der geografischen Bildung von Gemeinschaften durch strategische Ausrichtung von Schlüsselressourcen bei der Planung des Layouts einer Stadt in den Siedlungen von Einwanderern der ersten Generation.«

»Wie bitte?«, sagte Ethan.

Dr. Burns lehnte sich vor, seine Augen leuchteten bei der Gelegenheit, seine Forschung zu erklären. Er griff nach einem Salzstreuer auf dem Tisch, dann nach einem Pfefferstreuer und schließlich nach einer Serviette.

»Ich möchte, dass Sie sich vorstellen, Sie seien gerade in ein neues Land gezogen. Sie kennen die Sprache nicht. Sie kennen die Gesetze nicht. Aber Sie haben ein Stück Land bekommen, zusammen mit zehn anderen Einwanderern, die Ihre Werte und Kultur teilen. Gemeinsam fangen Sie von vorne an. Wie bauen Sie eine Stadt, die Ihren Bedürfnissen entspricht? Was sind die Dinge, die eine Siedlung benötigt?«

»Ein Krankenhaus«, sagte Ethan.

»Nicht damals«, antwortete Dr. Burns. »Das Erste, was Sie bauen würden... wäre eine Kirche.«

Er stellte den Salzstreuer hin und deutete an, dass er in seinem improvisierten Diorama als Kirche dienen würde. »Und wo platzieren Sie sie?«

»In der Mitte der Stadt«, antwortete Annie. »Damit sie für jeden leicht zu erreichen ist.«

»Ja«, stimmte Dr. Burns zu. »Kirchen waren die Einwandererversion eines römischen Marktplatzes oder einer griechischen Agora. Das waren nicht nur Orte der Spiritualität, sondern die Plätze, an denen sich die Menschen jedes Wochenende mit ihren Nachbarn trafen. Um zu sozialisieren.«

Er nahm den Pfefferstreuer und stellte ihn ein Stück weiter weg. »Und nach der Kirche müssen Sie vielleicht ein paar Besorgungen machen. Was Sie zu... führen würde.«

»Dem Eckladen«, sagte Annie.

»Sehr gut«, nickte Dr. Burns, als würde er einen besonders klugen Schüler loben. »Denken Sie daran, Einwanderer hatten kein Target. Es gab kein Walmart. Sie mussten sich auf lokale Dienstleistungen verlassen, die von Einzelunternehmern betrieben wurden. Deshalb ist Sophia Barnaks Eckladen ein so zentraler Bestandteil meiner Forschung. Ihr Laden ermöglichte es der Gemeinschaft zu gedeihen, weil sie nicht meilenweit für Vorräte reisen mussten. Dass eine Frau zu dieser Zeit einen so wichtigen Dienst für die Gemeinschaft betrieb, war bemerkenswert. Mein Argument - meine These, wenn Sie so wollen - ist, dass moderne Städte davon profitieren würden, kulturelle Zentren zu schaffen, die die Geographie historischer Siedlungen widerspiegeln. Das Alte kann das Neue beeinflussen. Wie können wir aus der Vergangenheit lernen, um Verbindungen für die Zukunft zu schaffen? Unsere modernen Städte und Gemeinden sind isoliert, verwöhnt durch die Fülle an Möglichkeiten. Wie können wir allein durch die Platzierung grundlegender Dienstleistungen ein

Gefühl der Zugehörigkeit schaffen? Der Eckladen ist ein wichtiges Puzzleteil in dem Bild, das ich präsentiere.«

»War die Familie offen für Ihre Forschung auf ihrem Grundstück?«, fragte Annie.

»Es brauchte etwas Überzeugungsarbeit«, sagte Dr. Burns. »Aber schließlich haben sie zugestimmt.«

Annie pausierte, der Blick in ihren Augen verriet Ethan, dass sie tiefer bohren wollte, es sich aber anders überlegt hatte. Es gab Zeiten, in denen Annie ihre Gesprächspartner drängte, und Zeiten, in denen sie sanfter vorging. Zu wissen, welche Strategie in einer bestimmten Situation anzuwenden war, war eine von Annies größten Superkräften.

»Was ist Ihr ultimatives Ziel mit dieser Forschung?«, fuhr Annie fort.

»Um meine Förderung zu erneuern, fürchte ich«, sagte Dr. Burns ruhig. »Wir haben unseren ersten Meilenstein erreicht und konkurrieren jetzt um den zweiten. Mit jeder Finanzierungsrunde steigt die Geldsumme, aber auch die Erwartungen. Ich muss die Stiftung, die den Zuschuss gewährt hat, davon überzeugen, dass unsere Forschung Wert hat und es sich lohnt, erneut zu investieren. Wir bitten sie im Grunde, alles auf eine Karte zu setzen. Ich glaube, dass Sunray eine perfekte Fallstudie für das Argument ist, das ich vertrete. Diese Gemeinde beweist, dass die Gestaltung einer Stadt die Gesundheit und das Wohlbefinden über Generationen hinweg beeinflusst. Die Tatsache, dass so viele alteingesessene Bewohner noch hier leben, beweist die These. Es gibt uns sogar die Möglichkeit, das Glück der heutigen Bewohner mit dem der Generationen zuvor zu vergleichen, und zwar anhand von persönlichen Interviews, Tagebucheinträgen und anekdotischen Berichten. Es gibt hier viel zu erforschen.«

»Die Familie hat Ihnen einen Schlüssel zum Eckladen gegeben«, sagte Annie und schlug lässig die Beine übereinander, als wäre die Frage nicht wichtiger als jede andere zuvor. »Haben Sie ihn benutzt?«

»Nur einmal«, Dr. Burns errötete. »Aber um ehrlich zu sein, habe ich ihn verlegt.«

»Wann?«, fragte Annie.

»Vor Wochen«, zuckte Dr. Burns mit den Schultern. »Ich bin nicht der ordentlichste Mensch, mit all den Papieren und Forschungsunterlagen, die in meinem Hotelzimmer verstreut sind. Ich dachte, ich hätte ihn sicher in meinem Schreibtisch verwahrt, und jetzt ist er verschwunden.«

»Wie sind Sie dann in den Laden gekommen?«

»Paul hat mich reingelassen«, antwortete Dr. Burns. »Er ist ein zuverlässiger Hüter des Anwesens. Er hat einen flexiblen Zeitplan, da er und seine Frau in der Nähe wohnen. Er war immer verfügbar, wenn ich anrief, und schloss den Laden für mich auf, wenn ich mich umsehen oder einige Fotos für die Abschlussarbeit machen wollte.«

»Hat er Sie allein im Raum gelassen?«, fragte Annie. Ein Verdacht kribbelte in ihren Armen und sie konnte nicht widerstehen, ihm nachzugehen, falls er zu einer Tatsache führen könnte.

»Nun ja, ich denke schon«, gab Dr. Burns zu. »Aber warum sollte das wichtig sein?« Dr. Burns schüttelte den Kopf. »Sie verstehen doch, dass ich ein Forscher bin, der sich der Bewahrung der Geheimnisse der Vergangenheit verschrieben hat? Paul wusste, dass er mir den Raum anvertrauen konnte. Niemand kümmert sich mehr als ich darum, sicherzustellen, dass das Vermächtnis von Sophias Eckladen weiterlebt.«

»Natürlich«, stimmte Annie zu. »Ich kann sehen, dass das stimmt. Ich wünschte, um Pauls willen, jemand hätte sich um sein Leben so sehr gekümmert, wie *Sie* sich um die Geschichte kümmern.« Sie lächelte strahlend und stand dann auf, was das Ende des Treffens signalisierte. »Vielen Dank für Ihre Zeit«, sagte sie und streckte die Hand aus, um Dr. Burns' Hand zu schütteln. »Wir melden uns, wenn wir weitere Fragen haben.«

Annie und Ethan verließen das kleine Bed & Breakfast, und Dr. Burns setzte sich wieder auf das Sofa und zog ein Notizbuch aus seiner Tasche. Er hatte vorgehabt, heute in der Lobby zu bleiben, seine jüngsten Beobachtungen durchzulesen und vielleicht mit der Arbeit am Abstract für seine nächste Veröffentlichung zu beginnen. Doch jetzt, als er versuchte, sich auf die Seite vor ihm zu konzentrieren, lenkte ihn das mulmige Gefühl in seinem Magen von der Aufgabe ab.

Dr. Burns dachte an den Schlüssel, der unter dem Beistelltisch in seinem Zimmer versteckt war, und hoffte, dass er die richtige Entscheidung getroffen hatte, indem er behauptete, ihn verloren zu haben. Im Nachhinein betrachtet war das Verlieren des Schlüssels eine fade Ausrede. Er war ein kluger Mann. Warum war ihm nichts Besseres eingefallen? Vielleicht hätte er zugeben sollen, einen Schlüssel zu haben, aber erklären, dass er ihn nie benutzt hatte. Den Schlüssel zu verlieren war zu bequem. Zu konstruiert.

Dr. Burns' Magen drehte sich um. Er packte sofort sein Notizbuch zusammen, griff nach seiner Tasche und eilte in sein gemietetes Zimmer, plötzlich mit dem Gefühl, dass ihm übel wurde.

KAPITEL ELF

VERONICA

Veronica hatte für das Treffen, das sie gerade in ihrem bescheidenen Büro abhielt, ihren besten Blazer angezogen. Obwohl es sich bei dem Treffen um zwei Detektive handelte, die einen Mordfall untersuchten und nicht um Immobilien, kleidete sich Veronica trotzdem erfolgsorientiert. Sie war darauf trainiert worden, jeden neuen Bekannten als potenziellen Interessenten zu sehen. Wer wusste schon? Vielleicht würden die Detektive, die vor ihr saßen - Annie und Ethan - eines Tages Immobilien in Sunray kaufen wollen und als Kunden zu ihr zurückkommen.

Veronica drehte sich in ihrem Schreibtischstuhl und wirkte sehr klein in ihrem großen, leeren Büro. Sie saß hinter dem Schreibtisch und lächelte über ihn hinweg zu ihren beiden Gästen.

»Es freut mich sehr, dass Sie sich darum kümmern«, sagte Veronica mit strahlenden Zähnen. »Sunray ist nicht so ein Ort. Solche Dinge passieren hier nie. Ich würde es hassen, wenn Leute, die hierher ziehen, den Eindruck bekämen, es sei nicht sicher. Unsere Kriminalitätsrate ist unglaublich niedrig. Und wir haben eine tolle High School gleich um die Ecke.«

»Ziehen viele Leute in die Gegend?«, fragte Annie. »Ich hatte den Eindruck, die meisten Bewohner hätten das Land geerbt, als es an sie weitergegeben wurde.«

»Das stimmt«, gab Veronica zu. »Die meisten von uns, die in Sunray leben, sind hier aufgewachsen. Man nennt uns Lifers. Ich bin eine von ihnen«, sagte sie stolz. »Meiner Familie gehört ein Bauernhof gleich um die Ecke.«

»Sie wollten nicht in die Landwirtschaft einsteigen?«, fragte Annie mit überraschtem Tonfall.

»Nun, n-nein...«, stammelte Veronica. »Meine Familie hat es ziemlich weit gebracht, aber das Landleben war nichts für mich. Ich habe mich immer eher gesehen als, ich weiß nicht«, sie hielt inne und überlegte. »Haben Sie *Sex and the City* gesehen?«

»Wer nicht?!«, rief Annie aus.

»Ich«, Ethan hob seine Hand, aber alle Anwesenden ignorierten ihn.

»Nun, ich bin eher eine Miranda als eine Charlotte«, erklärte Veronica. »Ich wollte immer eine Karriere, die mit Finanztransaktionen oder Geschäftsabschlüssen zu tun hat. Einfach etwas...«

»Schickes?«, sagte Annie.

»Irgendwie ja«, stimmte Veronica zu. »Es ist nicht so, dass Landwirtschaft keinen Spaß macht. Ich mag nur keine Tiere. Oder schmutzig werden. Ich wollte süße High Heels tragen und netzwerken und mit Menschen aus der ganzen Welt sprechen...«

»Ich bin überrascht, dass Sie nicht in die Stadt gezogen sind«, sagte Annie.

Veronica versteifte sich merklich. »Nun, der komplizierte Teil ist, ich mag Sunray. Das ist meine Heimat. Ich *möchte* hier sein. Ich möchte nur auch *ich selbst* hier sein. Macht das irgendeinen Sinn?«

»Nein-«, begann Ethan zu sagen, aber Annie stieß ihm den

Ellbogen in die Rippen, bevor er das Wort herausbringen konnte.

»Natürlich macht es das«, stimmte Annie zu. »Was ist Ihre Vision für Sunray in Bezug auf Immobilien?«

Veronica hellte sich auf, angenehm überrascht, jemanden gefunden zu haben, der sah, wohin sie gehen wollte - den Weg, den sie zu beschreiten hoffte. »Es ist so lustig, dass Sie fragen!«, sagte Veronica. Sie klickte auf ihrer Tastatur und öffnete ein Pinterest-Board auf ihrem Computer. Sie drehte den Monitor, um Annie und Ethan einen besseren Blick zu ermöglichen.

»Hier gibt es so viel Potenzial«, sagte sie und nickte auf die Sammlung von Bildern. Ein digitales Vision Board zeigte Bilder, die Veronica unter dem Titel »ZUKÜNFTIGES SUNRAY« gespeichert hatte. Ein Bild eines hohen Apartment-komplexes, komplett mit Swimmingpool und Hundepark, saß in der Ecke der Seite. Darauf folgte ein Gemeindezentrum mit einer Werbung für Pilates-Kurse in einem der hohen Glas-fenster. Daneben war ein Bild eines großen Hotels, Marmor-stufen führten zu einer riesigen französisch inspirierten Fassade. »Ich denke, Sunray könnte mit der Zeit das nächste urbane Zentrum werden. Wir haben so viel offenes Land, das entwickelt werden könnte. Wenn die richtigen Unternehmen kämen, könnten wir sehen, wie der ganze Ort explodiert.«

»Das ist ehrgeizig«, sagte Annie, überrascht von der Größenordnung von Veronicas Vision.

»Wir könnten hier etwas wirklich Besonderes aufbauen, wenn die Leute offen dafür wären, an Entwickler zu verkau-fen. Aber es gibt einigen Widerstand«, zuckte Veronica mit den Schultern und schloss die Pinterest-Seite. »Die meisten Verkäufe behalten die Landnutzung nur für die Landwirt-schaft bei, anstatt für Cafés und Pilates-Studios. Aber hey, ein Mädchen darf träumen.«

»Nur aus Neugierde, wenn jemand Land in einem Gebiet besitzt, das sich entwickelt, könnte dieses Land im Wert steigen, richtig?«, fragte Annie und gab vor, die Antwort nicht zu kennen.

»Das kommt vor«, stimmte Veronica zu. »Stellen Sie sich vor, vor hundert Jahren ein unbebautes Grundstück in Manhattan zu besitzen. Es wäre heute ein Vermögen wert«, seufzte sie, ein sehnsüchtiger Blick huschte über ihr Gesicht.

»Und das ist Ihr Ziel für Sunray?«, hakte Annie nach. »Es zu einem urbanen Zentrum werden zu sehen?«

Veronica strich sich die Haare hinter die Ohren und ließ sich in ihren Stuhl zurücksinken, als ob es sie plötzlich getroffen hätte, dass sie sich hatte hinreißen lassen und zu viel preisgegeben hatte. Annie hatte oft diese Wirkung auf Menschen.

»Mein einziges Ziel im Moment ist es, der Gemeinschaft zu dienen«, sagte Veronica. »Was auch immer sie brauchen, ich bin da. Ich bin dabei, Leads zu verfolgen und habe eine beachtliche Kundenliste aufgebaut. Es scheint, dass alle begeistert sind, mit jemandem zusammenzuarbeiten, der gerade erst seine Karriere beginnt. Ich bin hungrig und das macht den Unterschied. Ich bin eine echte Macherin, und meine Kunden schätzen das.«

»Diesen Eindruck habe ich«, stimmte Annie zu. »Als die Familie aus dem Westen Sie engagiert hat, müssen sie begeistert gewesen sein.«

»Sie waren definitiv von meinem Pitch beeindruckt«, strahlte Veronica. »Ich habe ihnen am Telefon erklärt, dass ich eine einzigartige Mischung aus alt und neu bin. Ich bin eine alteingesessene Bewohnerin von Sunray und ich verstehe, was die Gegend besonders macht, weil meine Familie seit Generationen hier lebt. Aber ich habe auch eine frische, junge Perspektive darauf, was hier passieren könnte. Ich bin nicht so festgefahren wie einige andere Lifers. Sie haben wirklich auf diese Idee angesprochen und haben mich auf der Stelle engagiert.«

»Widersetzen sich andere Bewohner von Sunray Veränderungen?«, fragte Annie.

»Manchmal«, zuckte Veronica mit den Schultern. »Der historische Verein kann ein echter Spielverderber sein. Aber solange man sich von ihnen fernhält, ist alles golden.«

»Und die Eigentümer haben Ihnen einen Schlüssel zum Eckladen gegeben?«

»Um ihn potenziellen Käufern zu zeigen«, nickte Veronica. »Der Eckladen selbst hat heutzutage nicht mehr so viel Wert, um ehrlich zu sein. Es ist das Land selbst, das das Geld wert ist, und der Laden ist ein Abrisskandidat. Aber die Familie hat den Eckladen stehen lassen, weil er der Gemeinschaft so viel bedeutet. Der Schlüssel war irgendwie ein nachträglicher Gedanke, weil der Laden selbst kein Anreiz für einen Käufer ist.«

»Und Paul führte den Laden?«, fragte Annie.

»Ja«, nickte Veronica. »Er und seine Frau besitzen das Grundstück hinter dem Barnak-Gelände. Er öffnete den Laden für ein paar Stunden jeden Abend. Sie verkaufen nicht viel täglich. Vielleicht etwas lokales Obst und Gemüse, ein paar Tüten Studentenfutter, hier und da eine Limo. Aber er hielt sein Wort gegenüber der Familie und sorgte dafür, dass der Laden lief. Als Kind war er oft dort. Ich glaube, es bedeutete ihm etwas.«

»Also bewirtschaftete er tagsüber seinen eigenen Hof und führte abends den Laden?«, fragte Annie überrascht. »Das sind doch lange Arbeitstage, oder?«

»Paul war so ein Typ«, sagte Veronica mit einem seltsamen Unterton in ihrer Stimme. »Sunray war alles für ihn.«

»Ihr zwei habt euch also gut verstanden?«, fragte Annie und folgte erneut einem Verdacht, der zu einer Tatsache führen könnte.

»Wir hatten nicht viel miteinander zu tun«, sagte Veronica säuerlich und konnte nicht verhindern, dass sich ihr Mundwinkel nach oben verzog. »Ich kann nicht behaupten, dass ich genug Zeit mit ihm verbracht habe, um das eine oder andere zu empfinden.« Sie räusperte sich und warf einen Blick auf ihre Uhr, als hätte sie sich gerade an etwas erinnert. »Wenn Sie nichts dagegen haben, ich habe noch einen anderen Termin. Es ist in letzter Zeit so viel los, mit all diesen Besichtigungen. Ich befürchte, ich habe mehr Kunden angenommen, als ich bewältigen kann, aber so ist das eben für Karrierefrauen wie uns, nicht wahr?« Sie streckte die Hand aus, um Annie und dann Ethan die Hand zu schütteln. »Falls Sie jemanden kennen, der kaufen oder verkaufen möchte, hier ist meine Karte.« Sie griff in ihre Tasche und zog eine dünne Visitenkarte heraus. »Ich bin in ganz Virginia zugelassen, nicht nur in Sunray. Immer daran interessiert, zu expandieren.«

»Wir werden sie weitergeben«, versicherte Ethan ihr. Er ging zum Ausgang, und sowohl er als auch Annie erkannten, dass sie entlassen worden waren. Als sie auf den Bürgersteig traten, warf Annie einen Blick auf ein Café auf der gegenüberliegenden Straßenseite.

»Wir sollten einen Kaffee trinken«, sagte sie. »Warten wir sie aus. Schauen wir, ob sie zu ihren angeblichen ›Kunden‹ geht.«

»Du glaubst nicht, dass sie welche hat?«, fragte Ethan. Er hatte denselben Eindruck gewonnen, hatte aber keine Beweise, um sein Gefühl zu untermauern, dass Veronica eine Schwindlerin war.

»Hast du die Wand hinter ihr gesehen?«, antwortete Annie. »All diese Haken für Schlüssel. Sie sind alle leer. Sie steckt in Schwierigkeiten.«

»In dem Fall *könnte* ich wirklich einen Kaffee gebrauchen«, stimmte Ethan zu, nahm Annies Hand in seine und führte sie über die Straße, wo sie, wie er wusste, stundenlang auf eine Frau warten würden, die überhaupt keinen Grund hatte, ihr Büro zu verlassen.

KAPITEL ZWÖLF

RIGGS

Riggs fuhr den Van mit weit geöffneten Deckenpaneelen, während er Annies Fragen beantwortete. Er hatte den Van so umgebaut, dass er all seinen Bedürfnissen diente. Dem Bedürfnis nach Essen. Dem Bedürfnis nach Unterkunft. Und am wichtigsten, dem Bedürfnis nach Abenteuer. Zu diesem Zweck hatte Riggs ein Dach konstruiert, das sich in sich selbst faltete, sodass seine metallische Verteidigung zu einem Freilufterlebnis wurde, ähnlich wie bei einem Cabrio-Limousine.

Sein Komplize – Seth – saß am Steuer und raste mit dem Van über eine Schotterstraße mit einer Geschwindigkeit, die eher für Autobahnen geeignet war. Riggs stand hinten mit weit ausgebreiteten Armen und sah aus wie ein Reiseleiter, als er über den Wind hinweg schrie und sich an nahegelegenen Sitzen festhielt, um das Gleichgewicht zu halten, während der Van über die holprige Straße raste.

»Wir machen gerne Hochgeschwindigkeitsscans der Umgebung«, rief Riggs Annie und Ethan zu, die auf einer kleinen Couch saßen, die in die Wand eingebaut war.

Riggs zeigte nach oben auf eine Vorrichtung im vorderen Teil des Vans. Es war eine Kugel, deren gläserne, okuläre Form Bilder eines Auges hervorrief. Sie war an der Außenhülle des Fahrerbereichs befestigt und drehte sich, während der Van dahinfuhr, nach links und rechts. Annie musste unwillkürlich an die GoogleMaps-Straßenfahrzeuge denken, die sie manchmal in verschiedenen Städten, die sie besuchte, vorbeifahren sah, und die alle die Straßen für das Google Maps-Programm fotografierten.

»Das ist LIDAR-Technologie«, rief Riggs und zeigte auf die Kugel an der Vorderseite des Vans. »Sie kartiert die gesamte Gegend und erstellt einen Scan, den wir in den Computer eingeben können.«

»Und das ist nützlich... warum?«, rief Ethan zurück und klammerte sich an die Kante der kleinen Couch, auf der er saß.

»Es gibt mehr Schätze als nur die unter der Erde, mein Freund«, lachte Riggs. »Überall, wo wir hingehen, suchen wir nach Möglichkeiten, unseren Lebensunterhalt zu verdienen. Diese Scans können für Tausende von Dollar an private Unternehmen verkauft werden. Kartensoftware-Anwendungen. Private Käufer. Sogar Geologen und Klimawandelforscher. LIDAR gibt dir nicht nur ein Bild von der Oberfläche. Es sagt dir auch, was unter der Erde ist.«

»Auf Ihrer Website steht, dass Sie sich als Schatzsucher bezeichnen«, sagte Annie, deren Haare im Wind wehten. »Wie genau würden Sie diesen Begriff definieren?«

»Ein Schatzsucher ist jemand, der überall Chancen sieht und keine Angst davor hat, ein bisschen zu graben, um die Belohnung zu bekommen«, sagte Riggs. Riggs rief über seine Schulter zu seinem Partner am Steuer: »Seth, wie würdest du es definieren?«

»Wild leben!«, rief Seth zurück.

»Er hat recht«, stimmte Riggs zu. »Man muss jemand sein, der die Jagd mag. Wenn du ein Schatzsucher bist, hast du kein Zuhause, keine Wurzeln, keine Routine. Du musst die

Art von Person sein, die einfach aufbrechen und gehen kann, wenn es nötig ist.«

»Und wie lange seid ihr zwei schon-«, Annie deutete zwischen Seth und Riggs hin und her, »-Partner in dieser Sache?«

»Seit dem College«, sagte Riggs. »Ich machte gerade meinen Postdoc und leitete ein Labor. Seth war einer meiner zwangsverpflichteten Undergrads, der seine Studienkredite abbezahlte, indem er uns nachts half. Als ich ausgestiegen bin, um einem großen Fund nachzujagen, hat er mich praktisch angefleht, mitkommen zu dürfen.«

»Glaub diesen Schwachsinn nicht!«, rief Seth über seine Schulter. »Er hat geheult, als er dachte, ich käme nicht mit. Sagte, er könne ohne mich nicht weitermachen. Totales Baby, der Typ.«

Der Van traf auf ein tiefes Schlagloch und einige Bücher an der Rückwand flogen durch die Luft. Annie klammerte sich an Ethans Arm, um aufrecht zu bleiben, als Seth hart am Lenkrad zog und den Van um eine Ecke lenkte. Es gab ein quietschendes Geräusch, als die Hinterreifen herumschleuderten, aber irgendwie blieb der Van aufrecht.

»Sie haben einige Verbesserungen am Fahrzeug vorgenommen?«, sagte Annie und versuchte ihr Bestes zu lächeln.

»Dieses Baby ist unzerstörbar«, erklärte Riggs. »Diese Reifen? Die würde man auf ein Militärfahrzeug setzen. Das Dach ist ein kundenspezifischer Zusatz. Genauso wie die Küche und das Bad. Es ist unser Zuhause fern von Zuhause. Vielleicht haben wir noch ein paar andere Spezialfunktionen einbauen lassen, nur zum Spaß. Stimmt's, Seth?«

»Verstanden!«, sagte Seth und griff nach einem Knopf am Armaturenbrett. Es gab ein explodierendes Geräusch vom Heck des Fahrzeugs. Annie und Ethan wirbelten herum, ihre Augen blickten in den weiten offenen Himmel. Ein Feuerwerk platzte über ihnen, rote und blaue Funken schossen in die Luft.

»Das war nur zum Spaß«, sagte Riggs. »Oder falls wir mal vor ein paar unliebsamen Typen abhauen müssen.«

»Treffen Sie auf Ihren Reisen viele davon?«, fragte Annie.

»Das ist das Ding bei der Schatzsuche«, sagte Riggs. »Die Leute werden so verzweifelt – so fixiert auf das, was sie wollen – dass sie sich selbst verlieren. Ich habe Typen gesehen, die bei Tauchgängen zu versunkenen Schiffen an den Lufttanks der anderen herumgepfuscht haben, nur weil sie die Ersten sein wollten, die eine einzige Goldmünze finden. Es ist ein schmutziges Geschäft.«

»Warum Sunray?«, setzte Annie ihre Befragung fort. »Es muss doch größeres Geld in Antiquitäten geben, aber Sie sind hier in einer kleinen Stadt in Virginia und suchen nach einem vergrabenen Schatz auf einer Farm. Warum?«

»Nun«, Riggs kratzte sich am Kopf. »Es könnte sein, dass in ein paar Ländern ein Haftbefehl gegen mich vorliegt – großes Missverständnis, aber versuchen Sie mal, *denen* das zu erklären – und wenn ich die USA verlasse, gibt es Orte, die mich ausliefern würden. Wenn ich zu Hause bleibe, bin ich sicher. Das Problem ist, dass die guten alten USA nach globalen Maßstäben ein ziemlich junges Land sind, also haben wir nicht so viel von dem alten Zeug. Kolonialzeit ist so ziemlich das Älteste, was es gibt. Und indigene Sachen.«

»Ich verstehe«, nickte Annie. »Das muss frustrierend sein.«

»Ich genieße es mehr, als ich dachte«, sagte Riggs. »Es hat einige Vorteile, ein bisschen näher am Vertrauten zu bleiben. Als die Familie mich wegen des Ladens an der Ecke kontaktierte, waren sie begeistert, dass ich verfügbar war. Wenn man diese kleineren Jobs annimmt, hat das etwas Persönlicheres. Stimmt's, Seth?«

»Was immer du sagst, Boss«, rief Seth zurück.

»Können Sie mir mehr über diesen angeblichen Schatz erzählen?«, fragte Annie. »Ich habe von anderen Einheimischen gehört, dass Sophia behauptet hat, sie habe bei ihrem

Tod etwas auf dem Grundstück vergraben. Aber das war vor dreißig Jahren. Warum glaubt die Familie, dass es bis jetzt nicht gefunden worden wäre?«

»Lady«, Riggs lehnte sich auf den Stuhl vor ihm und sah Annie an. »Juwelen im Wert von Millionen von Dollar liegen seit Hunderten von Jahren auf dem Meeresgrund. Ich habe altägyptische Kanopenkrüge im Wert von Hunderttausenden in einer Kiste auf dem Dachboden eines alten Mannes gesehen, während seine Familie betteln geht, um zu überleben. Wertvolle Dinge werden jeden Tag übersehen. Die Leute wissen nicht, was sie haben. Und wenn sie es nicht haben, wissen sie nicht, wo sie suchen sollen. Da komme ich ins Spiel, um ihnen zu helfen.«

»Warum also das erneute Interesse der Familie?«

»Sie sagten, sie hätten einen Brief erhalten, als sie das Haus zum Verkauf anboten. Jemand behauptete, Sophia von früher zu kennen, und sie hätte ihm erzählt, dass der Schatz echt sei. Diese Person behauptete, Sophia hätte ihnen gesagt, sie besäße *płynne złoto*, flüssiges Gold.«

»Was macht die Familie so sicher, dass Sophia überhaupt einen Schatz hatte? Und wenn sie einen hatte, was könnte es gewesen sein?«

Riggs lachte, als der Van in ein weiteres Schlagloch fuhr, und bahnte sich seinen Weg zu einem Bücherregal an der hinteren Wand. Er zog einen dicken Ordner voller gelochter Forschungspapiere heraus. Der Van ruckte, als er den Ordner aufgeschlagen auf den Tisch legte und zum entsprechenden Register blätterte.

»Das hier ist Sophias Unterschrift von Ellis Island. Ihr Mädchenname war Wachowski. Sie heiratete Frank Barnak bei ihrer Ankunft in Sunray und wurde eine Barnak.« Er blätterte zur nächsten Seite. »Aber die Wachowskis hatten eine Familiengeschichte, die sie mit der *Szlachta* verband - dem polnischen Adel, bevor die Monarchie Anfang der 1900er Jahre fiel. Sie waren adlig, machten aber kein Aufhebens davon. Wissen Sie, nachdem die Revolution vorbei war, war es nicht mehr so populär, adlig zu sein.«

»Ich würde es auch nicht tun«, stimmte Ethan zu. »Klingt nach einer hervorragenden Möglichkeit, seinen Kopf zu verlieren.«

»Genau«, pflichtete Riggs bei. »Aber es hieß, die Wachowskis hätten es geschafft, einige der königlichen Juwelen der *Szlachta* zu behalten, als die Familie nicht mehr herrschte. Einschließlich - diesem hier -«

Er blätterte zu einer anderen Seite und enthüllte das Gemälde einer atemberaubenden Halskette mit Anhänger. Eine Kette aus Perlen fiel zu einem riesigen, oval geschliffenen Kanarienvogel-Diamanten herab. Er war von einem so dunklen Gelbton, dass er fast bernsteinfarben wirkte. Im Gemälde ruhte er am Hals einer Frau, enorm schwer und protzig.

»Bemerken Sie die Farbe?«, fragte Riggs. »Das ist der *zloto*-Diamant, oder besser gesagt, *Der Goldene Diamant*. So genannt wegen seiner goldenen Färbung. Er gehörte dem polnischen Adel und verschwand nach dem Fall der Monarchie. Aber Sophia war eine nahe Verwandte... welch bessere Möglichkeit gäbe es, den Diamanten zu verstecken, als ihn deiner Nichte zu übergeben, die nach Amerika aufbrach? Und wir glauben, dass Sophias Verweis auf flüssiges Gold mit dem Diamanten in Verbindung stehen könnte.«

»Scheint weit hergeholt«, sagte Ethan kopfschüttelnd. »Das sind alles nur Indizien. Sie investieren eine Menge Zeit und Mühe basierend auf Spekulationen.«

»Hey«, zuckte Riggs mit den Schultern. »Manchmal muss man einem Bauchgefühl folgen. Ich bin sicher, diese hier versteht das«, er nickte Annie zu, die ihre Zustimmung nicht anzeigte, sondern stattdessen auf der Innenseite ihrer Wange kaute.

»Verdächtigungen können zu Fakten führen«, stimmte

Annie zu. »Aber man sollte nur aufgrund von Fakten handeln.«

»Genau das graben wir hier aus«, sagte Riggs defensiv. »Fakten. Außerdem, wenn sich der Edelstein als falsche Fährte herausstellt, werden wir schon klarkommen. Es gibt noch andere Interessen hier.«

»Welche anderen Interessen?«, fragte Annie.

»Sophia sagte, sie hätte eine Art Schatz auf dem Grundstück versteckt«, zuckte Riggs mit den Schultern. »Selbst wenn es nicht das ist, worauf wir gehofft haben... wenn es da ist, werden wir es finden.«

Der Van ruckte um eine weitere Kurve, und alle hielten sich fest, als die Zentripetalkraft die Gruppe gegen die entfernten Fenster drückte.

»Fast da«, nickte Riggs in Richtung Skyline. »Die Runde ist fast fertig und wir machen Mittagspause, verstanden, Seth?«

»Ein Bier und ein Stapel Rippchen!«, rief Seth zustimmend zurück.

»Dann mache ich es kurz«, sagte Annie, begierig darauf, den Van zu verlassen und dieser wilden Fahrt zu entkommen. »Sie hatten einen Schlüssel zum Eckladen, stimmt das?«

»Einen Schlüssel zum Eckladen und Zugang zum gesamten Grundstück«, bestätigte Riggs. »Sehen Sie, die Familie im Westen vertraut mir. Als sie mich im Internet fanden, haben sie mich praktisch angefleht, herzukommen. Sie wussten, dass ich einer der wenigen Leute bin, die in der Lage sind, einem verschwundenen Schatz auf den Grund zu gehen, und von den wenigen bin ich der Beste.«

»Sie können also zu jeder Tages- und Nachtzeit den Eckladen betreten und verlassen?«

»Ja«, stimmte Riggs zu.

»Welche Interaktionen, wenn überhaupt, hatten Sie mit Paul Kaminski?«, fragte Annie.

»Er war in Ordnung«, zuckte Riggs mit den Schultern.

»Manchmal ein bisschen mürrisch, aber schien der Arbeit verpflichtet. Ich glaube nicht, dass er es mochte, dass wir da waren, aber er hatte nicht viel zu sagen in der Angelegenheit.«

»Waren Sie mit seiner Routine vertraut? Wie verbrachte er einen durchschnittlichen Tag?«

»Nun, er hatte seinen eigenen Bauernhof zu bewirtschaften«, rieb Riggs nachdenklich sein Kinn. »Aber seine Frau kümmerte sich um das meiste davon. Die restliche Zeit war er entweder in der Bar oder öffnete den Laden. Er stellte sicher, dass er zu den Zeiten geöffnet war, die die Nachbarschaft am meisten brauchte, schloss ihn aber gleich wieder, um nachts nach Hause zu kommen.«

»Hat er Ihnen je etwas über den Schatz erzählt?«, wagte Annie. »Wenn etwas vergraben wäre, würde man denken, er hätte es gefunden.«

»Nie ein Wort gesagt«, sagte Riggs. Dann hielt er inne, als ob ihm gerade etwas eingefallen wäre. Ein süßlicher Blick in seinen Augen gab Annie den deutlichen Eindruck, dass er versuchte, das Thema zu wechseln. »Tatsächlich«, sagte Riggs, mit einem Leuchten in den Augen. »Da war etwas. Einen Tag vor dem Mord erzählte er mir, er wüsste, dass der Verkauf nicht zustande kommen würde.«

»Der Verkauf des Grundstücks?«, fragte Annie.

»Ja«, nickte Riggs. »Ich traf ihn, als ich mit einigen Metalldetektoren die obere Bodenschicht untersuchte - nur auf der Suche nach losen Enden, bevor wir tiefer gehen - und er sagte, ich müsste mich nicht mehr beeilen, weil der Verkauf kurz davor stünde, abgesagt zu werden.«

»Woher wusste er das mit Sicherheit?«

»Keine Ahnung«, zuckte Riggs mit den Schultern. »Aber er erwähnte es, als wäre es eine Tatsache, und einen Tag später - war er tot.«

Es gab ein quietschendes Geräusch, als Seth auf die Bremse trat und der Van ruckartig zum Stehen kam.

»Zeit für meine Rippchen!«, rief Seth über seine Schulter. Vor den Fenstern stand ein Barbecue-Restaurant, Rauch stieg hinter dem Gebäude auf. Der würzige Duft von gesalzenem Fleisch hing in der Luft, eine kühne Einladung.

»Möchten Sie sich uns anschließen?«, fragte Riggs. Annie schüttelte den Kopf.

»Ich denke, wir nehmen unseres zum Mitnehmen«, sagte sie und blickte auf ihren Mietwagen, der noch immer vor dem Restaurant geparkt war. Die Gruppe hatte sich hier getroffen, um im Van mitzufahren, und sie hatten in der letzten Stunde einen kompletten Kreis um Sunray gezogen. »Danke für Ihre Zeit«, sagte Annie und schüttelte Riggs' Hand.

Ethan tat dasselbe und reichte ihm dann eine Visitenkarte. »Falls Ihnen noch etwas einfällt, können Sie uns unter dieser Nummer erreichen.«

Riggs nickte und beobachtete, wie das Paar die Stufen des Vans hinuntersprang und auf ihren Mietwagen zusteuerte. Er dachte, er hätte gute Arbeit geleistet, sie auf eine Spur zu lenken, die von ihm wegführte. Das war das Ding bei Schatzjägern - man musste wissen, welchen Spuren man folgen und welche man fallen lassen sollte. Mit etwas Glück hatte er sie auf einen Weg gesetzt, der seine Interessen schützen würde.

»Rufen Sie jederzeit wieder an, wenn Sie etwas brauchen!«, rief Riggs ihnen nach und hoffte inständig, dass sie *niemals* wieder anrufen würden.

KAPITEL DREIZEHN

KAREN

»Kommen Sie rein, lassen Sie sich von dem Durcheinander nicht stören«, sagte Karen Kaminski, als sie Annie und Ethan in ihr Haus führte. Sie hatten auf der umlaufenden Veranda gestanden – die Sommerhitze ließ Schweißperlen auf ihrer Haut kleben –, aber als sie durch die Haustür traten, bot ihnen eine Welle kühler Luft Erleichterung.

»Renovieren Sie?«, fragte Ethan und starrte auf das Chaos vor ihm. Plastikplanen hingen über den Wänden des gemütlichen Hauses, und Farbeimer standen auf dem Boden der Diele. Von der Decke hingen lose Kabel herab, und darunter lag eine antike Leuchte, offenbar ausrangiert. Auf einem Stück blanker Holzvertäfelung waren drei verschiedene Farben aufgetragen worden, um die Wirkung zu vergleichen. Ein pastellfarbenes Frühlingsgrün. Ein helles Sommergelb. Und ein kräftiges Kobaltblau.

»Nicht direkt renovieren, aber ich probiere etwas Neues aus«, sagte Karen, und konnte die Aufregung in ihrer Stimme nicht verbergen. »Ich dachte, ich könnte hier einige Veränderungen gebrauchen, angesichts -« sie zögerte und versuchte, den Mord an ihrem Mann nicht direkt anzusprechen »- allem, was passiert ist.« Sie deutete den Flur hinunter und forderte Annie und Ethan auf, ihr zu folgen. »Wir setzen uns in die Küche«, sagte sie ermunternd. »Es ist der einzige Raum, der im Moment nicht ein Desaster ist. Wir können die Fliegengittertür offen lassen und die Kühe beobachten.«

Annie und Ethan folgten ihr in eine makellose Küche mit originalen Schränken und Linoleumboden. Karen ging zur Seitentür und schwang sie auf, ließ aber das dahinterliegende Fliegengitter geschlossen, sodass die warme Luft in den Raum zirkulierte. »Schön, etwas frische Luft zu bekommen«, sagte Karen und blickte durch das Gitter zum Horizont in der Ferne. »Das da drüben ist Betty«, sie zeigte auf eine riesige Kuh, die auf einem weiten Stück Land graste. »Sie frisst gerne auf der Westseite, frag mich nicht warum.«

»Hatte ich nicht vor«, sagte Ethan. Er setzte sich neben Annie an den Tisch, die bereits in Gedanken versunken war und sich im Raum umsah, während sie überlegte, welche Beweise sie hier umgeben könnten.

»Sie haben ein wunderschönes Zuhause«, sagte Annie und beobachtete, wie Karen in den Kühlschrank griff und einen Krug Tee herauszog, den sie prompt in drei Gläser goss. »Wir wissen es zu schätzen, dass Sie uns in einer so schwierigen Zeit bei sich aufnehmen.«

Karen setzte sich an den Tisch und sah für einen Moment so aus, als hätte sie keine Ahnung, wovon Annie sprach. Dann machte es klick. *Eine schwierige Zeit.* Plötzlich senkte Karen ihren Blick zu Boden, und ihr Gesicht veränderte sich, sodass sie den Eindruck einer trauernden Witwe erweckte. »Ja«, sagte Karen und versuchte, so gut es ging zu nicken. »Das ist es, nicht wahr? Aber natürlich sind Sie willkommen. Alles, was Sie tun können, um der Sache auf den Grund zu gehen, wird geschätzt. Ich möchte wissen, wer meinen Mann getötet hat. Jede Ehefrau würde das wollen.«

»Natürlich«, stimmte Annie zu. »Sie haben unser Wort, dass wir alles in unserer Macht Stehende tun werden, um

Antworten zu finden.« Annie blickte durch die Fliegengittertür auf Betty, die Kuh, die in einem ruhigen, kreisenden Muster kaute. »Machen Sie sich Sorgen, den Hof alleine zu führen?«, fragte Annie. »Es muss eine Menge Arbeit sein, wenn man bedenkt, wie viel Land Sie haben.«

»Ich führe den Hof schon seit Jahren alleine«, Karen winkte mit der Hand ab, als ob sie sich keine Sorgen mache. »Paul hatte andere Interessen. Er war verantwortlich für das, was wir die Nebenbetriebe nennen. Frische Milch von Betty auf dem Markt verkaufen. Sophias Gemischtwarenladen verwalten. Wir haben Bienen hinten und unsere eigene Linie von lokalem Honig in Gläsern. Paul kümmerte sich um all das, und ich? Ich kümmerte mich um den Hof. Die Fruchtfolge. Die Tiere. Den täglichen Betrieb. Es ist harte Arbeit, aber mittlerweile läuft es wie von selbst. Der Schlüssel ist«, sie beugte sich vor, mit einem Funkeln in den Augen, »man steht früh auf, wenn es noch nicht zu heiß ist. Gegen 5 Uhr morgens. Und man erledigt alles, was getan werden muss. Bis Mittag bin ich eine freie Frau.« Sie lehnte sich in ihrem Stuhl zurück. »Es ist ein schönes Leben, mit dem Land verbunden zu sein, auf dem man lebt.«

»Sie scheinen es zu lieben«, stimmte Annie zu. »Aber es muss schwer gewesen sein, Paul nicht sehr oft zu sehen. Es klingt, als wären Sie beide wie Schiffe in der Nacht aneinander vorbeigefahren.«

»Er war mein Ehemann«, sagte Karen gereizt und versuchte, ihre Verärgerung zu verbergen. »Ich bin traurig, dass er weg ist.«

»Natürlich sind Sie das!«, stimmte Annie zu. »Ich meinte nur, es muss schwer gewesen sein, so unterschiedliche Zeitpläne zu haben.«

»Das war es«, sagte Karen und beließ es dabei.

»Paul hatte natürlich einen Schlüssel zum Gemischtwarenladen«, sagte Annie und spürte, dass es Zeit war, zu anderen Fragen überzugehen. »Hatte er Feinde? Jemanden, der es auf ihn abgesehen haben könnte?«

»Wenn ja, hat er mir nie davon erzählt«, sagte Karen. Sie starrte an die Decke und überlegte. »Wurde etwas aus dem Laden gestohlen?«, fragte Karen. »Könnte es ein Raubüberfall gewesen sein und Paul ist dazwischengekommen? Das wäre typisch für ihn, wegen des Ladens einen Streit anzufangen. Er war besorgter um den Laden als um unser eigenes Haus. Besessen davon, könnte man sagen.«

»Es wurde nichts gestohlen«, sagte Annie. »Ich vermute also keinen Raubüberfall. Es gab keine Anzeichen für ein gewaltsames Eindringen. Das Verbrechen fühlte sich eher - persönlich an. Entweder hat Paul diese Person nach Ladenschluss hereingelassen, oder derjenige, der ihn getötet hat, hatte einen Schlüssel und wusste, dass er dort sein würde.«

»Meine Güte, ich habe der Familie im Westen gesagt, sie sollen aufhören, Schlüssel wie Bonbons zu verteilen«, Karen schüttelte den Kopf. »Es war besser, als nur Paul, Gladys und ich Zugang hatten. Wir drei besitzen Grundstücke direkt nebeneinander.« Sie zeigte aus dem Fenster auf einen braunen Zaun, der die Grundstücksgrenze markierte. »Ich weiß nicht, ob Sie schon mit Gladys gesprochen haben -«

»Haben wir«, bestätigte Annie.

»- nun, sie sagt, wir seien die ursprünglichen drei«, fuhr Karen fort. »Ihr Haus. Paul und ich. Und Sophias Land. Wir sind das, was vom ursprünglichen Sunray übrig ist. Sicher, es gibt andere Grundstücke, die verstreut herumliegen, aber unsere sind miteinander verbunden und waren es schon immer. Daran ist etwas Besonderes, wenn Sie Paul oder Gladys fragen.«

»Aber nicht Sie?«, hakte Annie nach.

Karen zuckte mit den Schultern. »Dieses Land gehörte Paul und seiner Familie. Er war ein Mann, der an Dingen aus der Vergangenheit festhielt. Ich bin Künstlerin und denke immer darüber nach, was in der Zukunft sein könnte. Aber wir haben es geschafft, hier zu leben, weil er sein Familienerbe bekam und ich meine Zeit zum Nachdenken. Bauernhöfe sind gute Orte zum Träumen.«

»Ethan ist ein Stadtjunge. Er mag es nicht, so weit weg von einem Cheesecake Factory zu sein.«

»Wir haben einen zwanzig Minuten die Straße runter«, sagte Karen zu ihm.

»Immer noch zu weit«, antwortete Ethan. »Ich mag es, zu Fuß gehen zu können, um meinen Käsekuchen zu holen.«

»Das sind übrigens wunderschöne Tassen«, Annie zeigte auf ein Serviertablett in der Nähe der Spüle, auf dem drei Tassen standen. Jede Tasse hatte ein anderes Muster. Die erste hatte ein handgemaltes Patchwork-Design. Die zweite zeigte geschwungene Rosen. Und die dritte war aus solidem Ton, besonders bemerkenswert, da sie keinen Henkel hatte. Verblasste Tiere liefen über ihre Oberfläche – laufende Antilopen und Büffel, die Annie an alte Höhlenmalereien denken ließen. Sie sah sehr alt aus. Wenn es eine Nachbildung von etwas Antikem war – war es eine überzeugende.

»Danke«, strahlte Karen. »Sie sind wunderschön, nicht wahr?«

»Das sind sie«, sagte Annie. »Wie viele haben Sie?«

»Nur ein paar«, zuckte Karen mit den Schultern. »Es ist eine wachsende Sammlung. Ein Freund hat mir die Idee gegeben. Meinte, nichts im Leben sollte genau gleich sein. Also beschloss ich, das Geschirr zu mischen.«

»Diese hier ist besonders schön«, sagte Annie und nickte in Richtung des Bechers mit den verblassten Tieren, die über die Oberfläche liefen. »Ich mag sie so sehr, dass ich Sie fragen möchte, ob ich meinen Tee hineingießen darf?«

Annie starrte sie todernst und mit einer ernsten Miene an. Karen blinzelte, und ein entsetzter Ausdruck huschte über ihr Gesicht.

»Oh, die wird nicht benutzt«, sagte sie leichthin. »Sie ist

etwas Besonderes. Nur zur Dekoration. Sie ist eigentlich ziemlich alt.«

»Also *kann* ich meinen Tee nicht hineingießen?«, vergewisserte sich Annie. Karen sah sie an, als hätte sie den Verstand verloren.

»Nein«, zuckte Karen mit den Schultern, ihr Gesichtsausdruck zeigte den leisesten Anflug von Ärger. »Wie ich schon sagte, *können* Sie nicht. Es ist ein Artefakt, nicht zum Gebrauch bestimmt.«

»Ich verstehe. Und Sie mischen auch das Haus selbst auf, mit all den Umbauten«, fügte Annie hinzu und lächelte sie an. »Wie lange renovieren Sie schon?«

»Wie lange?« Karens Stimme blieb ihr im Hals stecken. »Oh, ich weiß nicht-«

»Es ist nur...«, sagte Annie in beiläufigem Ton. »Die Farbe an der Wand sah neu aus. Die Farbproben sind noch nass.«

»Nun, ich versuche schon eine Weile, mich für die Farbe zu entscheiden«, antwortete Karen.

»*Sie* versuchen sich zu entscheiden, oder Sie und Paul?«

Karen antwortete nicht.

»Entschuldigen Sie meine Unhöflichkeit«, sagte Annie aufrichtig, »aber ich weiß einfach, wie schwer es sein muss, ohne ihn zu renovieren.«

»Schwierig, ja«, sagte Karen.

Es folgte eine lange Stille, während Annie Karen beobachtete und jede ihrer Bewegungen studierte.

»Waren Sie glücklich mit Paul?«, fragte sie.

Karen schnaubte. »Natürlich - wer ist *nicht* glücklich, wenn er verheiratet ist? Man heiratet«, plapperte sie, unsicher, was genau sie sagen wollte. »Man tut es. Weil - das machen Leute eben. Man heiratet. Und man ist glücklich. Oder man ist es nicht. Aber man ist verheiratet. Und das war's.«

»Ich verstehe«, sagte Annie. Sie beugte sich vor. »Gibt es noch etwas, das wir über Paul wissen sollten?«

»Nichts«, antwortete Karen und blickte in die Ferne durch die Fliegengittertür. Sie wechselte mühelos das Thema. »Betty sieht heiß aus. Vielleicht sollte ich ihr etwas Eis bringen.« Sie hielt ihren Blick auf Betty gerichtet, ihr glasiger Ausdruck verriet, dass sie woanders war - irgendwo, wo Annie und Ethan sie nicht erreichen konnten.

»Sie geben den Kühen Eis?«, flüsterte Ethan Annie zu, die nicht antwortete.

»Wir lassen Sie jetzt allein«, sagte Annie zu Karen und zog Ethan von seinem Stuhl hoch. »Wir finden selbst hinaus. Nochmals vielen Dank, dass Sie uns empfangen haben. Und diese Becher - sie sind wirklich wunderschön. Besonders der eine.«

Damit gingen Annie und Ethan. Als sie die Haustür zuschlagen hörte, stand Karen auf und schlenderte zum Fenster, immer noch den Blick auf Betty gerichtet.

Sie wusste, sie hätte mit dem Neustreichen warten sollen. Aber Paul hatte die Dinge immer so *steril* gewollt. Karen konnte nicht anders. In dem Moment, als sie die Gelegenheit hatte, ihr Leben bunter zu gestalten, hatte sie sie ohne zu zögern ergriffen.

Und nun würde es ihr zum Verhängnis werden.

KAPITEL VIERZEHN

SPÄTER SASSEN ANNIE und Ethan zusammen in einem Cheesecake Factory Restaurant in der nahegelegenen Gemeinde Norfolk, nur eine kurze Autofahrt östlich von Sunray entfernt. Annie starrte auf ihren Cheeseburger hinunter und hasste es, dass sie sich immer noch über einen vertrauten Favoriten freute.

»Du hast das mit dem Cheesecake Factory ernst gemeint«, sagte Annie zu Ethan, während die Hängelampen über ihnen einen beruhigenden, goldenen Schatten auf ihre Mahlzeit warfen.

»Du warst diejenige, die es angesprochen hat«, antwortete Ethan und biss in seinen eigenen Burger. »Die Fahrt hat sich gelohnt. Das ist eigentlich gar nicht so schlecht. Weg von allem zu sein, meine ich. Man lernt eine gute Sache mehr zu schätzen, wenn man sie dann bekommt.«

»Also könnte das Landleben etwas für dich sein?«, fragte Annie mit einem abwesenden Blick in den Augen.

»Noch nicht«, sagte Ethan mit vollem Mund. »Tut mir leid, dich zu enttäuschen. Obwohl ich zugeben muss, wenn ich an den Real Estate Ripper denke - dass er jemand in Uniform sein könnte - klingt ein Umzug ziemlich gut.«

Annie ließ ihre Ellbogen auf dem Tisch ruhen und spürte eine tiefere Frage in Ethans Stimme. »Wir können nicht vor dem weglaufen, was passiert ist. Selbst wenn wir morgen an einen völlig abgelegenen Ort ziehen würden, würde es nichts ändern. Denn der Fall würde immer noch in unseren Köpfen existieren.«

»Ich weiß«, sagte Ethan und blickte auf seinen Teller. »Aber es ist einfach diese Vorstellung, dass es uns gibt und es sie gibt. Der Real Estate Ripper könnte einer von *uns* sein. Jemand in Uniform oder jemand, der eigentlich für die Wahrheit kämpfen sollte. Es stört mich, dass wir nicht wissen, wem wir vertrauen können.«

»Wir wissen, wem wir vertrauen können«, Annie streckte ihre Hand über den Tisch und legte sie auf Ethans. »Wir haben *uns* hier.«

Ethan nickte, aber Annie konnte erkennen, dass ihn die Vorstellung, der Real Estate Ripper könnte eine Person in Uniform sein, immer noch störte. Er hatte immer an Organisationen geglaubt, die für Wahrheit und Gerechtigkeit kämpften. Ihm gefiel die Einfachheit der Idee, dass es Gute und Böse gab. Aber in letzter Zeit war Ethan zu der Erkenntnis gekommen, dass es beides auf beiden Seiten geben konnte. Und Annie - deren Verstand so geübt darin war, Teile in einer sinnvollen Ordnung zusammenzufügen - konnte sehen, dass er dem noch keinen Sinn abgewinnen konnte. »Wenn wir dem FBI oder der Polizei nicht vertrauen können, werden wir neue Leute finden, denen wir vertrauen können«, bot Annie an. »So einfach ist das. Auf die eine oder andere Weise werden wir finden, was wir brauchen.«

Ethan nickte und aß den letzten Bissen seines Burgers.

»Sollen wir ein Debriefing machen?«, fragte Ethan in der Hoffnung, dass er Annie durch den Themenwechsel von den komplizierteren Fragen ablenken könnte, die unter der Oberfläche brodelten.

»Lass uns mit Karen anfangen und rückwärts arbeiten«,

stimmte Annie zu. »Sie kommt ziemlich schnell darüber hinweg, oder?«

»Das dachte ich auch«, sagte Ethan. »Da ist keine große Liebe verloren gegangen. Wenn ich eines Tages im Dienst erschossen werde, trauere bitte mindestens sechs Monate um mich.«

»Du?«, Annie lachte. »Ich wäre mindestens ein Jahr untröstlich. Dann würde ich mir einen neuen Freund mit tollen Bauchmuskeln suchen. Aber er hätte *trotzdem* nicht deinen Sinn für Humor. Der ist einzigartig.«

»Danke«, sagte Ethan mit einer gespielten Verbeugung. »Also denkst du, Karens Verhalten überschreitet die Grenze des Normalen?«

»Normal ist für jeden etwas anderes«, überlegte Annie laut. »Aber ich kann nicht sagen, dass sie bei der Hausrenovierung Zeit verschwendet hat. Paul ist seit zwei Tagen weg und sie sucht schon neue Wandfarben aus. Aber das ist eine Vermutung, keine Tatsache. Eine *Tatsache* ist, dass sie es versäumt hat, einen Polizeibericht über einen häuslichen Streit zwischen den beiden zu erwähnen.«

»Daran erinnere ich mich nicht aus ihrer Akte«, sagte Ethan.

»Das war ein Geschenk von Milo«, sagte Annie. »Sie mag die Anzeige zurückgezogen haben, aber er hat es in den Polizeiarchiven gefunden. Er hat etwas verwendet, das sich digitale Zeitmaschine nennt.«

»Also gab es einen häuslichen Streit zwischen den beiden? Das würde die fehlende Trauer erklären. Das heißt aber nicht, dass sie ihn getötet hat.«

»Nein, das heißt es nicht«, wog Annie die Idee ab. »Aber die Tatsache, dass sie es nicht erwähnt, ist sicherlich belastend.« Sie nahm einen Schluck von ihrem Getränk und ließ Bilder der potenziellen Verdächtigen vor ihrem geistigen Auge vorüberziehen. »Als Nächstes haben wir Riggs, den Schatzsucher.«

»Meint der das ernst?«, fragte Ethan. »Es ist, als ob er denkt, er wäre Indiana Jones oder so. Die Art, wie sie mit diesem Van herumfahren - das ist eine öffentliche Gefahr, das ist es.«

Annie lächelte in sich hinein, da sie den Eindruck hatte, dass Ethan eine gewisse Unsicherheit gegenüber Riggs empfand, der anscheinend etwas Tiefes in ihm auslöste. Vielleicht war es die rücksichtslose Gleichgültigkeit, mit der Riggs sein Leben lebte - ein Charakterzug, den manche Frauen attraktiv finden könnten.

»Völlig unverantwortlich«, stimmte Annie zu. »Ich mag Männer, die sicherheitsbewusst fahren.«

»Also ist Mad Max da drüben in der Stadt, um einen Edelstein zu finden. Scheint kein Motiv für einen Mord zu sein.«

»Nein, aber seine Akte zeigt, dass er in finanziellen Schwierigkeiten steckt«, sagte Annie. »Ich möchte mit der Familie im Westen über ihn sprechen. Ihre Meinung hören.«

»Wir werden ein Gespräch organisieren«, stimmte Ethan zu. »Was hältst du von Veronica?«

»Sie ist ehrgeizig«, Annie tippte mit den Fingern auf den Tisch und erinnerte sich an den Blick in Veronicas Augen, als sie ihnen ihr Vision Board für Sunrays viel urbanere Zukunft zeigte. »Sie ist auch unrealistisch. Jung. Hat keine Ahnung, was sie tut. Ich spüre Verzweiflung in ihr. Aber es geht nicht so sehr um sie, sondern um den Verkauf. Ich muss verstehen, wer Interesse am Kauf des Grundstücks hatte und warum.«

»Noch eine Frage an die Familie«, stimmte Ethan zu. »Das bringt uns zu Dr. Burns...«

»Der Star-Forscher«, nickte Annie. »Seine Akte zeichnet ein ganz anderes Bild. Er ist ein mittelmäßiges Mitglied der Fakultät mit sehr wenigen neueren Veröffentlichungen. Die Fördermittel, die er einbringt, sind bestenfalls minimal. Da steckt mehr dahinter, das er nicht preisgibt.«

»Das lässt uns bei unserem letzten Kandidaten«, Ethan

trommelte mit den Händen auf den Tisch in einem falschen Trommelwirbel, »Gladys. Irgendwelche Ideen?«

»Es widerspricht ihrem Persönlichkeitsprofil, bei einem so dramatischen Ereignis nicht den Telefonbaum zu aktivieren«, sagte Annie. »Ich finde das, gelinde gesagt, seltsam. Sie erwähnte den Bruder und die Schwester, die das Land mieteten, bevor die Familie es zum Verkauf anbot - ich würde gerne irgendwann mit ihnen sprechen. Sehen, was sie über Gladys denken, da sie ja Nachbarn waren.« Annie machte eine Pause, ihre Augen wurden glasig, als wäre sie in einem Tagtraum versunken. »Ich stelle mir immer wieder Gladys vor, wie sie auf ihrer Veranda sitzt und all das beobachtet«, sagte Annie, das Bild hell und perfekt in ihrem Kopf. »Wie sie in diesem Schaukelstuhl sitzt und absolut nichts tut, während sie die saftigste Neuigkeit für den Telefonbaum hat. Es ist so inkonsistent mit ihrem Persönlichkeitsprofil und dem, wer ich glaube, dass sie ist. Da steckt mehr dahinter, als man auf den ersten Blick sieht.« Annie hielt inne. »Ich frage mich, was sie gerade jetzt macht?«

KAPITEL FÜNFZEHN

GLADYS

Der Schlamm klebte an Gladys' Stiefeln, als sie auf den Traktor zumarschierte. Die dunkle Abendluft haftete an ihrer Haut, das Zirpen der Grillen in der Ferne war ein tröstlicher Begleiter und eine Erinnerung daran, dass zu dieser Nachtzeit die einzigen Zeugen ihres Verbrechens solche sein würden, die nicht sprechen konnten.

Gladys stapfte zu dem Traktor, der hinter ihrem Haus geparkt war und am nördlichen Rand ihres Grundstücks stand. Sie stieg auf den Sitz und ließ den Motor aufheulen, lauschte dem sanften Schnurren, das von innen kam. Gladys liebte diesen Klang. Es war ein Geräusch, das sie daran erinnerte, dass sie alles tun konnte und dass keine Herausforderung zu groß für sie war.

Die massiven Reifen des Traktors begannen sich zu bewegen, als Gladys aufs Gaspedal trat und das Fahrzeug vorwärts trieb, während Stücke von angebackenem Schlamm von der Unterseite ihrer Hudson-Gummistiefel fielen. Gladys raste auf den Rand ihres Grundstücks zu, bremste kurz, um sicherzugehen, dass niemand zusah, und fuhr dann geradeaus auf Sophia Barnaks Farm.

Sie preschte auf den Dorfladen zu, und für einen Moment sah es so aus, als würde sie direkt in das uralte Holzgebäude fahren und es komplett niederreißen. Aber kurz vor dem Aufprall lenkte sie den Traktor nach links, rollte auf die Rückseite der Farm zu, wo hohe Bäume den Rand des Dismal Swamp markierten. Ihre Reifen rasten über ordentliche Reihen von Samen, die eines Tages zu einer Sojaernte heranwachsen würden, aber es war Gladys egal, ob sie deren Schlummer störte: Sie war eine Frau mit einer Mission.

Schließlich erreichte Gladys ihr Ziel. Es war ein kleines Stück Land auf dem Grundstück ihrer Nachbarin, markiert durch den winzigsten aller Holzzäune. Der Grenzzaun bestand aus Holzpfählen, die nur einen Fuß hoch waren und subtil einen Bereich am hinteren Ende der Farm abgrenzten, der etwa fünfzehn mal hundert Fuß maß. Pflanzen ragten aus dem Boden - anders als die schlafenden Sojabohnensamen, die auf dem Großteil der Farm vergraben waren, wuchs diese spezielle Ernte bereits. Blätter drängten aus der Erde, streckten sich mit einem wilden, grünen Angriff dem Himmel entgegen. Die Wedel sahen aus wie Palmenfächer, ihre vielen Blätter breiteten sich weit um einen einzelnen Stängel in Dreiergruppen aus.

Gladys betrachtete die Pflanzen mit tiefer Sehnsucht. Es fiel ihr schwer, sie gehen zu lassen, aber sie wusste, was sie zu tun hatte.

Sie ließ den Motor des Traktors aufheulen, schaufelte die Erde vor sich auf und alle Pflanzen mit ihr. Sie fuhr ihre erste Ladung durch eine Lücke in den Bäumen zum Sumpf, kippte dann die Erde und die Pflanzen ins Wasser, wo sie prompt auf den Grund des trüben Sumpfes sanken, als hätten sie nie existiert. Dann machte sie sich auf den Weg zurück für eine weitere Schaufel.

Gladys wiederholte den Vorgang immer wieder und beobachtete, wie die Farm-in-der-Farm zu nichts als leerer Erde wurde. Es brauchte Dutzende von Fahrten zwischen dem Sumpf und der Farm hin und her, aber als Gladys fertig war, gab es kein einziges Anzeichen mehr von den Pflanzen, die sie vom Grundstück ihrer Nachbarin entfernt hatte.

Als die Arbeit getan war, wischte sich Gladys, immer noch auf dem Traktor sitzend, mit der Hand über die Stirn. Sie dachte nicht, dass jemand sie gehört hatte, bis sie bemerkte, dass ein Licht im einzigen anderen angrenzenden Grundstück außer ihrem eigenen anging:

Karen Kaminskis Haus. Pauls Frau war wach.

Gladys schüttelte den Kopf. Karen würde kein Problem darstellen. Das war noch etwas, das sie an Sunray liebte. Jeder kannte jeden.

Gladys schaltete den Traktor ohne einen Hauch von Angst wieder ein und fuhr in gerader Linie von Sophia Barnaks Grundstück zurück auf ihr eigenes. Als der Traktor sicher wieder an seinem Parkplatz stand, sprang Gladys herunter und ging zur Scheune, schnappte sich zwei Schaufeln - eine in jeder Hand.

Sie schritt durch die Dunkelheit und verkürzte die Distanz zwischen ihrem eigenen Grundstück und dem von Karen, wo das Licht in der Küche immer noch brannte. Als sie die Veranda erreichte, klopfte sie nicht. Stattdessen rief Gladys zur Tür.

»Karen? Schätzchen?«

Es verging ein Moment, dann öffnete sich die Tür. Karen verschränkte die Arme und trug nichts als einen Bademantel und einen Schlafanzug.

»Treibst du wieder Unfug, Gladys?«, fragte Karen und hob amüsiert und genervt die Augenbrauen.

»Was sollte ich denn sonst tun, wenn ich keinen Unfug treibe?«, schnaubte Gladys und hielt eine Schaufel hin. »Ich habe mein Einzelunternehmen abgerissen.«

»Nein«, Karens Gesicht fiel. »Das ist schade.«

»Allerdings«, stimmte Gladys zu. »Es scheint, als hätten es alle auf Frauen in der Geschäftswelt abgesehen.«

»Das *ist* eine Schande, obwohl ich glaube, dass ich dich davor gewarnt habe, dich auf besagtes Unternehmen einzulassen - von dem ich bis zu meinem Todestag behaupten werde, absolut nichts zu wissen -, als du dich zuerst dafür entschieden hast, aus mehreren Gründen-«

»-die wir jetzt nicht wieder aufwärmen sollten«, unterbrach Gladys. Sie hielt Karen eine Schaufel hin. »Ich muss die Spur verwischen, die der Traktor im Schlamm hinterlassen hat.«

»Das kann nicht dein Ernst sein«, sagte Karen, unfähig zu glauben, dass Gladys so etwas von ihr verlangen würde.

»Natürlich ist es das«, antwortete Gladys. »Die Spuren führen direkt zu meinem Haus. Man müsste schon ein Idiot sein, um sie dort zu lassen.«

»Von all den Dingen, um die du mich über die Jahre gebeten hast-«

»Ist es nicht wichtiger, worum wir einander *nicht* bitten?«, bot Gladys an, ein Funkeln in ihren Augen. »Und worum wir einander bitten, *nicht* zu sagen? Ich bin verdammt gut darin, nicht zu reden, für jemanden, der den Telefon-Buschfunk so liebt. Könnte man sagen, ich hab dir einen Gefallen getan, indem ich Geheimnisse für mich behalten habe. Kannst du nicht einer Freundin helfen?«

Karen überlegte und biss sich auf die Unterlippe.

»Verrückte alte Schachtel«, sagte Karen schließlich und nahm Gladys widerwillig die Schaufel ab, während sie ihr Haar zurückwarf. Gemeinsam gingen sie zurück zum Grundstück ihrer Nachbarin und arbeiteten sich rückwärts vor, um nicht nur die Reifenspuren, sondern auch ihre eigenen Fußabdrücke im Schlamm zu verwischen. Ihre Schaufeln schwangen im Einklang, und als sie fertig waren, standen sie auf Gladys' Grundstück und blickten über die frische Erde. Es gab kein einziges Anzeichen dafür, dass überhaupt etwas passiert war.

Gladys boxte Karen auf die Schulter. »Ich schätze deine Hilfe, Nachbarin. Willst du reinkommen und was naschen? Ich hab gerade einen Schwung Brownies fertig.«

»Ich bring Milch mit rüber«, stimmte Karen zu und gähnte. »Betty hat in letzter Zeit die beste.«

KAPITEL SECHZEHN

DR. BURNS

Dr. Burns trommelte mit den Fingern auf den Schreibtisch in seinem bescheidenen Hotelzimmer und starrte auf das Festnetztelefon, das vor ihm stand. Er wartete auf einen wichtigen Anruf und man hatte ihm versichert, dass die betreffende Person ihn heute um 15 Uhr pünktlich kontaktieren würde. Er warf einen Blick auf den Wecker auf dem Nachttisch:

Es war jetzt 15:15 Uhr.

Dr. Burns hatte nie erwartet, außergewöhnlich zu sein - stattdessen hatte er nur gehofft, durchschnittlich zu sein. Tatsächlich verdankte er seinen Doktortitel einer langen Liste von Unterstützungen in Form von Familiengeld, Privatunterricht, psychologischer Beratung und nepotistischer Bevorzugung durch seinen Onkel, der der Leiter seiner Abteilung war. Ohne auch nur eine dieser Sachen hätte Dr. Burns aufgrund seiner Schwierigkeiten in der Wissenschaft niemals seinen Abschluss machen können. Er erkannte sein Privileg und wusste, dass er Glück hatte, aus einer Position in der Welt zu kommen, die ihm Möglichkeiten bot, die andere Menschen nicht hatten.

Das machte Dr. Burns' Leben so schmerzhaft - er *wusste* ohne jeden Zweifel, dass er durchschnittlich war. Er war nie gut in der Schule gewesen. Er hatte keinerlei sportliche Fähigkeiten. Kein Talent für Musik oder Kunst. Alles, was er je gewollt hatte, war eine Position zu finden, in der er »mittelmäßig« sein konnte. Ein Job, in dem er weiterhin durchschnittlich sein konnte, ohne die Gefahr, gefeuert zu werden. Seine Eltern - die selbst erschreckend außergewöhnlich waren, seine Mutter war Astrophysikerin und sein Vater Ingenieur - hatten ihn klugerweise gedrängt, Professor zu werden. Sie ermutigten ihn, einen Job mit Festanstellung anzustreben, sodass er - nachdem er die härtesten und schwierigsten Prüfungen zu Beginn bestanden hatte - nahezu unkündbar werden würde. Er entschied sich dafür, Professor für Geschichte zu werden, weil er die Erforschung des Durchschnittsmenschen interessant fand. Er war nie beeindruckt vom Leben der Könige und Königinnen oder berühmter Denker - Dr. Burns wollte einfach nur wissen, wie der Durchschnittsmensch in einer bestimmten Zeitepoche lebte und ob er sehr glücklich gewesen war oder nicht.

Bis jetzt hatte Dr. Burns seine vernünftigen Erwartungen erfüllt gesehen. Es war schwierig gewesen, den akademischen Job zu bekommen, aber sein Onkel hatte ein paar Anrufe getätigt, und jetzt - fünfzehn Jahre später - war er vollständig unkündbar und zufrieden mit dem, was er erreicht hatte.

Abgesehen von der Frage der Vergütung.

Dr. Burns hatte beobachtet, wie sich die Welt um ihn herum in den Jahren seit seiner Einstellung verändert hatte. Jetzt belohnten Universitäten auffällige Neueinstellungen mit beeindruckenden Forschungslebensläufen und interessanten Nischenspezialisierungen. Dr. Burns war von Superstars umgeben, und sein Gehalt war infolgedessen nicht gestiegen. Dr. Burns hatte gelogen, als er den Detektiven erzählt hatte, er sei gut bezahlt. Die Universität erwartete von ihren Mitarbeitern, dass sie sich durch Fördermittel für ihre Forschung kompensierten, was nicht Dr. Burns' Stärke war.

Und Fördermittel zu bekommen - bedeutete, außergewöhnlich zu sein. Plötzlich klingelte das Telefon. Dr. Burns nahm sofort ab.

»Hallo?«, sagte er, obwohl er genau wusste, wer es war. »Nein, das ist in Ordnung, ich habe gerade an einer Veröffentlichung gearbeitet...«

Er warf einen Blick auf den Notizblock vor ihm, der nichts als ein paar gekritzelte Illustrationen eines Hauses, eines Hundes und einer Palme enthielt. »Ja, ich bin so froh, dass wir uns die Zeit nehmen, um zu besprechen-«

Er hielt inne, als die Stimme am anderen Ende etwas murmelte, und sein Gesicht fiel in sich zusammen. »Ich hatte gehofft, Sie würden etwas anderes sagen.«

Dr. Burns blickte aus dem Fenster, seine Augen trüb und in die Ferne gerichtet. »Sehen Sie, die Sache ist die«, sagte er ins Telefon. »Ich bin bereits hier. Ich setze die Forschung fort.« Die Stimme am anderen Ende bot eine überraschte Erwiderung. »Ich habe mich entschieden, trotzdem weiterzumachen, auch wenn die Finanzierung nicht gesichert war.«

Es gab eine Frage vom anderen Ende der Leitung.

»Warum ich so etwas tun würde?«, wiederholte Dr. Burns die Frage laut. Er spürte, wie sich tief in ihm etwas regte. Es war eine seltsame Art von Wut, die seit seiner Kindheit in ihm gebrodelt hatte. Eine Empörung, die tief in seinem Bauch lebte und mit jedem Jahr, das verging, stärker wurde. »Ich habe es getan, weil *ich* vielleicht nicht außergewöhnlich bin, aber *dieser Ort* ist es. Ich habe es getan, weil es hier Geschichte gibt, die es wert ist, dokumentiert zu werden, und auch wenn ich nicht der beste Forscher bin, den die Universität zu bieten hat, bin ich derjenige, dem es am meisten am Herzen liegt. Und ich habe es getan, weil-«

Er hielt inne und versuchte, etwas Bedeutungsvolles zu sagen.

»- weil ich es *wollte*.« Es klang kindisch, aber was geschehen war, war geschehen.

Die Stimme am anderen Ende der Leitung murmelte protestierend.

»Wie ich das Hotel bezahle?«, wiederholte Dr. Burns. »Mit meinem eigenen Geld. Es mag Sie schockieren, das zu erfahren, wenn man bedenkt, was Sie mir an der Universität zahlen, aber ich habe zufällig etwas eigenes Geld.« Weitere Gemurmel hallte durch die Leitung. »Ja, die Spesenabrechnungen stimmen. Ich habe *eine Menge* eigenes Geld und ich werde es ausgeben, wie es mir gefällt. Gibt es noch weitere Fragen zu meiner privaten Forschung, die ich *mit oder ohne* die Unterstützung der Universität veröffentlichen werde?«

Es wurde keine Antwort angeboten. Dr. Burns entschied sich, das Schweigen als ein »Nein« zu akzeptieren.

»Danke für Ihre Zeit«, sagte Dr. Burns, ohne es auch nur im Geringsten zu meinen. Er knallte den Hörer auf, ein befriedigendes metallisches Geräusch brachte ihn unsanft in die Realität zurück. Er lehnte sich in seinem Stuhl zurück, entsetzt und überrascht von sich selbst.

Was hatte er gerade getan?

KAPITEL SIEBZEHN

RIGGS

»Bist du sicher, dass wir so spät hier drin sein sollten?«, fragte Seth über Riggs' Schulter. Sie befanden sich in Sophia Barnaks Eckladen, der ziemlich mitgenommen aussah. Polizeiabsperrband markierte bestimmte Bereiche als Sperrzone, und die Artikel, die während des Streits von den Regalen gefallen waren, lagen immer noch auf dem Boden verstreut. Das Einzige, was unberührt geblieben war, war ein leuchtendes *Coca-Cola*-Schild, das seit Jahrzehnten über der Jukebox hing. Es war immer noch eingesteckt, sein Neonlicht warf Farben durch den Raum.

»Es ist jetzt ein Tatort. Ändert das nicht, was wir hier tun dürfen?«

»Ich hab niemanden was davon sagen hören, dass wir diesen Ort jetzt anders behandeln sollen, nur weil's ein Tatort ist, du etwa?«, antwortete Riggs. Er hielt inne, um einen Haufen Trail-Mix zu untersuchen, der über die Theke verstreut war.

»Nein...«

»Dann ändere ich nichts an dem, was ich hier zu tun habe. Das Ziel bleibt dasselbe. Such nach *flüssigem Gold*. Irgendwelche Hinweise auf den Diamanten. Jetzt, wo Paul aus dem Weg ist, können wir wirklich tief graben.«

»Ich versteh immer noch nicht, was der Diamant mit dem Laden zu tun hat«, zuckte Seth mit den Schultern und setzte sich auf einen Barhocker, als ob er erwartete, dass ein unsichtbarer Barkeeper ihm einen Drink servieren würde. »Wenn Sophia den Diamanten gehabt hätte, hätte sie ihn vergraben.«

Riggs seufzte. Seth war stumpfsinnig und unerfahren. Er hatte ihn wegen seiner Loyalität und Arbeitsmoral eingestellt - nicht wegen seines Verstandes.

»Die LiDAR-Scans zeigen nichts, was unter der Erde vergraben wäre«, sagte Riggs und hielt inne, um aus dem Fenster auf die weiten Ackerflächen draußen zu blicken. »Wenn er dort wäre, hätten unsere Scans ihn gefunden. Wir haben mittlerweile die halbe Stadt gescannt -«

»Ich dachte, das wäre für Veronica -«, begann Seth dümmlich zu sagen, aber Riggs unterbrach ihn.

»Zum *zehnten Mal*... darüber reden wir nicht *laut!*«

»Tschuldigung«, zuckte Seth mit den Schultern.

»Also, wenn der Diamant nicht unter der Erde ist«, fuhr Riggs fort, »hat Sophia ihn vielleicht irgendwo im Eckladen versteckt, all die Jahre. Das Gebäude ist original. Vielleicht wurde er einfach noch nicht gefunden. Als sie sagte, sie hätte etwas Wertvolles auf dem Grundstück vergraben, meinte sie vielleicht in den Wänden oder unter den Dielen.«

Riggs hielt inne und betrachtete den Raum, überlegte all die Orte, an denen Sophia Barnak einen kostbaren Gegenstand wie *Der Goldene Diamant* versteckt haben könnte. Die Bodendielen. Die Dachsparren. Unter der Theke. Die Idee, dass der Diamant im Laden versteckt sein könnte, war Riggs schon früher gekommen, aber Paul hatte sich geweigert, ihm zu erlauben, den Raum gründlich zu durchsuchen. Jetzt, da Paul aus dem Weg war, sah Riggs vor sich eine kurze, glänzende Gelegenheit, auf die richtige Art zu suchen.

»Wir fangen mit den Böden an«, sagte Riggs. »Ich will,

dass jede Bodendiele aufgehebelt wird.« Er griff in seine Tasche und holte eine Brechstange und ein Paar Lederhandschuhe heraus, die er Seth zuwarf. »Du lässt kein einziges Stück Holz unberührt, verstanden?«

»Und was ist mit dir?«, fragte Seth.

»Ich fange mit den Wänden an«, antwortete Riggs und zog ein Stethoskop und einen Hammer hervor. »Ich horche nach Hohlräumen. Schaue, ob es irgendwo ein Loch gibt, das nicht bemerkt wurde. Danach gehen wir zu den Dachsparren.« Er nickte zur Decke hinauf, die immer noch die originalen Holzbalken des Ladens aufwies. »Es könnte einen Dachbodenkriechraum geben. Und denk dran: Ein Diamant wird nicht einfach so nackt in der Gegend rumliegen. Sie wird ihn in etwas eingewickelt haben. Entweder in ein Stück Stoff oder vielleicht sogar in eine Box. Sei offen für die Idee, dass das, was du siehst, vielleicht nicht genau das ist, wonach es aussieht. Alles, was du findest, bringst du zu mir.«

»Verstanden«, sagte Seth.

Nun, da ein Plan gemacht worden war, begannen die beiden Männer den mühsamen Prozess, den Ort auseinanderzunehmen. Eine nach der anderen hebelte Seth die Bodendielen hoch und untersuchte den staubigen Kriechraum darunter. In der Zwischenzeit machte sich Riggs an die Wände, klopfte Brett für Brett ab. Originale Tapeten bedeckten jede Oberfläche in sanften Schattierungen von floralem Gelb und projizierten ein Bild von Bäumen auf einem Hügel über dem ausgewaschenen Buttergelb. Die Textur der Tapete machte es schwierig zu erkennen, wo ein Brett endete und ein anderes begann. Ab und zu fand Riggs ein Brett, das klang, als ob dahinter ein Hohlraum existierte, und holte mit seinem Hammer aus, brach in die Wand ein, um zu überprüfen, was dahinter lag. Jedes Mal blieb seine Suche erfolglos. Nachdem er sichergestellt hatte, dass die Wände leer waren, stellte sich Riggs auf eine Leiter, die im Lagerraum abgestellt worden war, und machte sich auf den

Weg zum kleinen Dachbodenraum, der mit alten Lieferungen und Lagerkisten gefüllt war. Er warf sie ohne Rücksicht zu Boden, auf der Suche nach einem einzigen Ding: einem Versteck für einen Diamanten.

Stunden später war der Eckladen nur noch ein Schatten seiner selbst. Die Bodendielen lagen aufgehebelt in einem Haufen. Löcher in den Wänden zerstörten den nahtlosen Fluss der charmanten bedruckten Tapete. Verworfene Lagerkisten lagen überall im Raum verstreut.

»Irgendwie schade, dass wir es zerstört haben, oder?«, fragte Seth, als ihn plötzlich ein Anflug von Reue innehalten ließ.

»Alle Funde haben ihren Preis, Junge«, antwortete Riggs. »Das wirst du später noch lernen.«

»Ich weiß, es ist nur...«, dachte Seth laut nach. »Es ist ein Stück Geschichte, oder? Dieses Gebäude hat sich in über hundert Jahren nicht viel verändert. Es hat sogar noch die Originaltapete...«

Riggs' Mund klappte auf, als er darüber nachdachte, worauf sein Lehrling gerade gestoßen war. »Sag das noch mal«, befahl Riggs.

»Das Gebäude hat sich nicht viel verändert.«

»Nein, den anderen Teil.«

Seth dachte einen Moment nach und erinnerte sich an seine Worte. »Ich sagte... es hat sogar noch die Originaltapete.«

Riggs stand auf und bewegte sich zum hinteren Teil des Ladens. »Das Bild auf der Tapete zeigt einen Berg mit Bäumen. Sophie sagte, sie hätte vergraben, was auch immer sie versteckt hat. Und ich habe etwas gesehen, als ich die Wände überprüft habe. Hab nicht viel darüber nachgedacht, aber jetzt...«

Riggs hielt vor einem Stück gelber Tapete an der Ostwand inne. Während der Rest der Ladentapete glatt und makellos war, war dieses Stück an einigen Stellen zerknittert und eingerissen, fast so, als ob jemand es zurückgezogen und dann versucht hätte, es an der Stelle wieder zu versiegeln, wo das Muster der Bäume endete.

»Wenn man es abnimmt, kann man nicht einfach mehr nachbestellen«, sagte Riggs laut. »Dieses Muster gibt es wahrscheinlich nicht mehr.«

»Worauf willst du hinaus?«, fragte Seth.

»Sie hat es versteckt«, flüsterte Riggs. »Sie hat Anweisungen zum Diamanten hinter der Tapete versteckt.« Er bemerkte eine Ecke des Papiers, die sich von der Wand löste und ihn zum Handeln einlud. Riggs zog, und das ganze Blatt kam herunter. »Hier ist nichts, weil jemand schon an diesem dran war. Aber vielleicht die anderen...« Er wandte sich an Seth und zeigte auf die gegenüberliegende Wand. »Nimm jedes Blatt ab und überprüfe die Rückseite, stell sicher, dass keine Papiere daran kleben.«

Seth nickte, und gemeinsam zogen sie die Tapete von den Wänden und enthüllten darunter Hunderte von alten, braunen Dokumenten. Kaufurkunden. Versicherungspapiere. Geburtsurkunden. Alles fiel hinter dem Papier hervor, als hätte es nur auf die Chance gewartet, gefunden zu werden.

»Rette alles!«, schrie Riggs Seth an. »Lass nicht ein einziges Stück beschädigt werden.«

Als es vorbei war, lag die Tapete zerrissen und weggeworfen in der Mitte des Raumes, nachdem sie ihren Zweck erfüllt hatte, das Wichtigste zu verbergen. Riggs und Seth sammelten die Dokumente ein und breiteten sie über der Bar aus, um zu verstehen, was sie gefunden hatten.

»Ist das das, wofür ich es halte?«, fragte Seth und hielt Riggs ein Dokument entgegen.

»Ja, in der Tat«, lächelte Riggs und warf einen Blick auf das *Coca-Cola*-Schild an der gegenüberliegenden Wand. »Es ist genau das, was Sophia versprochen hat... *flüssiges Gold*.«

»Aber dieses andere Stück Tapete war bereits zerrissen«,

sagte Seth besorgt. »Hat jemand anderes den Diamanten zuerst gefunden?«

»Ich weiß nicht, was sie bekommen haben«, antwortete Riggs, schob die für ihn weniger nützlichen Dokumente beiseite und machte einen Stapel mit nur den relevanten Papieren. »Aber diese...« Er glättete einen bestimmten Stapel Dokumente und lächelte auf sie herab. »Diese hier *sind* der Diamant. Wir lagen die ganze Zeit falsch, Junge. Sophia allerdings, sie hat immer die Wahrheit gesagt. Sie besaß wirklich *flüssiges Gold*. Und wir haben es gerade gefunden. Es war überhaupt kein Diamant. Es war *das hier*.«

Er klopfte Seth auf den Rücken, und Riggs konnte nicht anders, als zu fühlen, dass sich sein Leben gerade für immer verändert hatte. Er hatte morgen noch eine wichtige Angelegenheit zu erledigen. Und danach konnte er seinen bisher größten Schatz beanspruchen.

KAPITEL ACHTZEHN

MILOS BUNKERARTIGE WOHNUNG begann sich gemütlicher anzufühlen, jetzt wo Ethan und Annie sich damit angefreundet hatten.

»Es sind zu viele Bohnen«, sagte Ethan, während er eine Dose untersuchte, die er aus dem Stapel Nahrungsmittelvorräte genommen hatte. »Du solltest etwas Dosenobst hinzufügen. Sonst könntest du Skorbut bekommen.«

»Es geht alles um eine proteinreiche Ernährung, mein Freund«, sagte Milo, während er sich in seinem Bürostuhl drehte. Er saß vor der Reihe von Monitoren, die Informationen über ihre potenziellen Verdächtigen auf den Bildschirmen anzeigten. »Ich hab Skorbut in der Vitaminabteilung abgedeckt.«

»Wo ist die?«, fragte Ethan.

Milo zeigte auf eine Fake-Statue eines Bären, die auf einem nahegelegenen Regal stand. »Drück seine Nase«, befahl Milo.

Ethan sah Annie an und streckte eine Hand aus, als ob er ihr die Ehre überlassen würde.

»Das ist ganz dein Ding«, sagte Annie, die Ethan nicht einen Moment der Verspieltheit vorenthalten wollte.

Ethan tat, wie Milo angewiesen hatte, und drückte die Nase des Bären. Sekunden später öffnete sich eine Schublade zu Füßen des Bären und offenbarte Flaschen mit Nahrungsergänzungsmitteln. Vitamin C. Vitamin D. Eisen. Sie alle klapperten in der Schublade herum, neben ähnlichen Flaschen, die Antibiotika und Stimulanzien enthielten.

»Ich bin beeindruckt«, sagte Ethan. »Das FBI könnte sich ein paar Tipps von dir holen.«

»Gibst du zu, dass ihr Safehäuser auf der ganzen Welt habt? Weil ich das in euren Akten gesehen habe, als ich vor ein paar Monaten den Mainframe gehackt habe.«

»Wieder mal werde ich so tun, als hätte ich das nicht gehört«, sagte Ethan und setzte sich auf die Couch.

»Hast du einen Weg gefunden, die losen Enden zu schließen, über die wir gesprochen haben?«, fragte Annie Milo und setzte sich neben Ethan, wobei sie ihre Beine mit einer geschmeidigen Bewegung übereinanderschlug.

»Ich bin mir nicht sicher, ob ich die Schleife geschlossen oder neue geöffnet habe«, zuckte Milo mit den Schultern. »Aber hier ist, was ich ausgraben konnte.« Er tippte mit flinken Fingern auf seiner Tastatur, und Bilder von Riggs - dem Schatzjäger - erschienen auf dem Bildschirm. Zeitungsartikel über seine vergangenen Funde tauchten auf, zusammen mit Bildern seines Vans. Milo hob hervor, was wie ein Polizeibericht aussah, und vergrößerte ihn auf volle Größe. »Ich habe mehr über die Akte, die am Morgen nach dem Mord aus der Polizeidatenbank gelöscht wurde.«

Er zoomte hinein und machte die Schrift größer.

»Bericht eingereicht«, las Ethan laut vor. »Beamter beobachtete eine Schlägerei in der Bar *Feisty Mike's* zwischen zwei Bürgern - Riggs und«, Ethan pausierte, als er einen bekannten Namen erkannte. »Paul Kaminski.«

»Wie lange ist der Vorfall her?«, fragte Annie.

»Drei Wochen vor dem Mord«, antwortete Milo. »Und dann wurde die Akte am Morgen nach dem Mord aus dem

Polizei-Mainframe gelöscht. Erst dieser Bericht über häusliche Streitigkeiten, jetzt das...«

»Warum hat deine Zeitmaschine das beim ersten Durchgang nicht erwischt?«, fragte Ethan.

»Meine erste Suche galt Karen«, zuckte Milo mit den Schultern. »Ich habe gar nicht nach Riggs gesucht, als ich das hier aufgespürt habe. Ich habe eine Suche nach Paul durchgeführt.«

»Steht drin, worum es bei dem Kampf ging?«, fragte Annie.

»Nein«, schüttelte Milo den Kopf. »Nur dass es zu Fäusten und blauen Flecken kam. Anscheinend konnten andere Gäste in der Bar sie trennen und die Polizei rufen, bevor es zu schlimm wurde.«

»Noch ein Streit, den Karen nicht erwähnt hat«, sagte Annie nachdenklich. »Tatsächlich hat keiner der Nachbarn es erwähnt. Die Leute hier sagen, Paul sei ein Musterbürger gewesen.«

Milo schnaubte. Er bemerkte Annies und Ethans neugierige Ausdrücke. »Kommt schon«, sagte er. »Die Leute hier halten zusammen. Ihr werdet die wahre Geschichte von keinem von ihnen erfahren. Wir passen aufeinander auf. Ihr zwei -« Er deutete zwischen Annie und Ethan hin und her. »Ihr seid Außenseiter. Ich mag euch zufällig und betrachte euch als Freunde. Aber für alle anderen? Euch kann man nicht vertrauen. Fragt nicht die Einheimischen nach der wahren Geschichte. Fragt andere Außenseiter, die schon länger hier sind.«

»Das ist...«, Annie kaute an ihrer Lippe, während sie über seine Worte nachdachte. »Überraschend hilfreich. Danke.«

»Irgendwas über Dr. Burns?«, fragte Ethan.

»Das hier werdet ihr interessant finden«, sagte Milo und tippte wieder auf seinem Computer. Ein Antrag auf Fördermittel erschien auf dem Bildschirm, dessen Zeilen von essayartigen Antworten« und Diagrammen gefolgt wurden, die aufzeigten, wohin potenzielle Fördermittel fließen könnten. »Dr. Burns' Antrag auf Fördermittel wurde abgelehnt.«

»Er bekommt kein Geld mehr«, bestätigte Annie ihren Verdacht laut und war zufrieden, dass es zu einer Tatsache geführt hatte.

»Das war ein Berufungsantrag. Der ursprüngliche Antrag wurde schon vor Monaten abgelehnt«, sagte Milo.

»Warum sollte er auf eigene Kosten hierherkommen?«, fragte sich Annie. »Die Hotelkosten. Der Forschungsassistent, den er an der Universität hat. Das alles kostet Geld. Er behauptete, sein Gehalt sei üppig, aber seine Körpersprache verriet, dass er log. Kannst du das bestätigen?«

»Sein Gehalt ist erbärmlich«, antwortete Milo. »Ich verdiene in zehn Minuten Hacken des Finanzministeriums mehr als er in sechs Monaten Arbeit.«

»Das habe ich auch nicht gehört«, sagte Ethan und blickte zur Decke, als ob er dort eine besonders interessante Spinne finden könnte.

»Woher bekommt er das Geld?«, fragte Annie leise.

»Keine Ahnung«, sagte Milo. »Aber die Familie könnte es wissen. Apropos, ich habe etwas für euch.« Er griff in eine Schreibtischschublade und zog zwei schwarze Wegwerf-handys heraus.

»Danke, aber wir sind versorgt«, sagte Ethan und winkte mit der Hand in der Luft. »Ich habe beide unserer Telefone vom FBI verschlüsseln lassen. Sie sind unknackbar.«

Milo schnaubte, dann drückte er eine einzige Taste auf seiner Tastatur. Die Bildschirme leuchteten auf mit Bildern von Anrufprotokollen, sowohl eingehend als auch ausgehend, von Annies und Ethans Telefonen. »Wirklich? Bist du sicher?«

»Wie hast du-?«, begann Ethan alarmiert zu fragen.

»Das habe ich nicht«, sagte Milo. »Ich habe das gefunden,

während ich nach eurem Typen gesucht habe.« Er beugte sich plötzlich ernst vor. »Ich bin in ein Kaninchenloch bei eurem Fall geraten. Es geht hier um mehr als nur darum, eine IP-Adresse zu lokalisieren. Diese *Real Estate Ripper*-Figur geht tief. Richtig tief. Ich bin jede IP einzeln durchgegangen und sie waren alle von Polizeistationen, bis ich etwas Seltsames fand ...« Er klickte auf der Tastatur und eine IP-Adresse erschien auf dem Bildschirm neben einer Karte von Europa. »Diese hier wurde über einen Proxy-Server in Europa geleitet.« Er klickte erneut und öffnete eine Karte von Japan. »Die wiederum wurde über einen Proxy in Japan geleitet.« Er klickte nochmal und enthüllte eine weitere Karte, diesmal von Südkorea. »Die wiederum wurde über einen Proxy in Südkorea geleitet.« Er tippte erneut und der Bildschirm füllte sich mit Dutzenden von Karten verschiedener Länder. »Drei-hundert Proxies, die wie eine Kette hintereinander geschaltet sind. Ich kann euch gar nicht sagen, wie viel Arbeit es gekostet hat, die Ursprungs-IP zu finden.«

»Du hast es aber geschafft?«, fragte Annie mit klopfendem Herzen.

»Fast. Ihr werdet es nicht glauben, aber«, er machte eine Pause, »die Hauptadresse gehörte zu einer Alphabet-Behör-de.« Er warf einen Blick auf Ethan, der derzeit für das FBI arbeitete. »Ich sage euch welche, wenn ich mehr weiß. Ich versuche gerade, durch die Tür zu kommen und zu identifi-zieren, von welchem Computer in welchem Segment die Quell-IP kam. In der Zwischenzeit müsst ihr beide vorsichtig sein. Er hat jeden eurer Schritte verfolgt.« Auf den Bild-schirmen erschienen Bilder von Annies und Ethans Anruflis-ten. »Er hat eure Anrufe über die Satelliten zurückverfolgt, um euren Standort zu ermitteln. Er weiß, wo ihr seid und mit wem ihr Kontakt aufnehmt.«

Er hielt Annie und Ethan je ein Wegwerfhandy hin. »Also frage ich nochmal. Seid ihr sicher, dass ihr die nicht wollt?«

Als sie die Hände ausstreckten, um die Handys zu

nehmen, konnte Annie nicht umhin zu bemerken, dass Ethan von dieser Enthüllung besonders getroffen aussah. Sie konnte nur hoffen, dass die fragliche Alphabet-Behörde nicht Ethans geliebtes FBI war. Er hatte sein Leben der Organisation gewidmet. Ein Verrat von innen würde ihn zerschmettern.

»Ich habe die Telefonnummer von Sophia Barnaks Familie dort eingespeichert und ihnen Bescheid gegeben, dass sie euren Anruf erwarten können. Sie sagten, sie würden gerne alle Fragen beantworten. Vergesst nicht, dass sie in der pazifischen Zeitzone sind.«

»Danke«, sagte Annie. Sie stand auf, da sie spürte, dass es Zeit war zu gehen. Ethan sah blass aus. Er könnte einen Cheeseburger gebrauchen.

»Ja«, nickte Ethan, mit abwesendem Blick. »Danke, Mann.«

Er folgte Annie in Richtung Treppe und hielt an einem Teller mit Brownies auf der Küchentheke inne. »Du hast ja doch mehr als Dosenbohnen!« Ethan streckte die Hand nach einem Brownie aus. »Macht es dir etwas aus, wenn ich-?«

»Ich weiß nicht, Bruder«, lachte Milo. »Die sind von Gladys. Nicht sicher, ob du damit klarkommst. Sie züchtet eine starke Sorte. Die werden dich umhauen.«

»Das«, sagte Annie, und ihr Mund klappte auf. »Das sind Haschisch-Brownies?«

»Edibles«, zuckte Milo mit den Schultern.

»Und du hast sie... von *Gladys?*«

»Klar«, sagte Milo. »Jeder weiß, dass sie die besten Cannabis-Produkte macht. Lotionen. Edibles. Wenn es um Gras geht, ist Gladys der Original-Gangster, ohne Witz.«

»Das hat uns niemand gesagt!«, sagte Ethan.

»Ihr seid nicht von hier«, erinnerte Milo ihn. »Kann man euch nicht vertrauen. Außerdem siehst du aus wie ein riesiger Spitzel.«

»Danke dafür«, sagte Ethan.

»Danke für alles«, stimmte Annie zu und lächelte in sich

hinein. »Du warst sehr hilfreich, Milo.« Sie warf einen Blick auf die Brownies, ein Verdacht keimte in ihr auf. »Auf mehr als eine Art und Weise.«

Damit stiegen sie die Treppe hinauf, Annie fühlte sich belebt durch die Verfolgung einer neuen Spur.

KAPITEL NEUNZEHN

GLADYS

Gladys war mit ihrem Truck nach Chesapeake gefahren und hatte sich vergewissert, dass ihr niemand folgte. Während der Fahrt überprüfte sie alle dreißig Sekunden ihren Rückspiegel und machte sogar eine Reihe unnötiger Rechtsabbiegungen, die ein Quadrat bildeten, um potenzielle Verfolger abzuschütteln. Sie hatte sich zu einer Nebenstraße am Rand von Chesapeake County begeben, das östlich von Sunray lag. Jetzt stand sie außerhalb ihres Trucks, lehnte an der Fahrertür und hatte die Arme verschränkt. Im Hafen kamen Schiffe ein und aus. Marineschiffe. Frachtschiffe mit riesigen Containern auf dem Rücken. Ein Schiff stieß ein tiefes, klagendes Horn aus, und Gladys erschauderte bei dem Geräusch. Es fühlte sich an, als würde das Schiff sie verpetzen und die Behörden rufen, um in ihre ungesetzliche Aktivität einzugreifen. Zum Glück hatte sie hinter einer Reihe von Lagerhäusern geparkt, und so früh am Morgen war niemand in der Nähe. Sie war sicher. Zumindest hoffte sie das.

Es knirschte, als vier Reifen über die Kiesstraße rollten und eine kleine Limousine um die Ecke bog. Ein »HERTZ«-Aufkleber in der Scheibe zeigte, dass es sich um einen Mietwagen handelte. Die Tür schlug zu, und der Mann, auf den Gladys wartete, stieg auf der Fahrerseite aus:

Dr. Burns starrte Gladys an, machte ein paar Schritte auf sie zu, blieb aber wie angewurzelt stehen, als hätte er Angst, ihr zu nahe zu kommen.

»So weit weg von der Stadt? Wirklich?«, sagte er und ließ seinen Blick über Gladys' selbstsichere Gestalt schweifen.

»Du hast gesagt, du willst dich treffen«, zuckte Gladys mit den Schultern. »Ich brauchte einen Ort, an dem wir nicht belauscht werden konnten. Vorausgesetzt, du tust das, was ich denke, dass du tust.«

»Und was denkst du, tue ich?«, fragte Dr. Burns.

»Aussteigen«, sagte Gladys. Sie beobachtete seine Reaktion. Dr. Burns' Augen senkten sich ein wenig, und er fummelte an der Manschette seines Blazers herum. Gladys wusste, dass sie richtig geraten hatte. »Feigling«, seufzte Gladys. »Warum ist es so, dass Akademiker immer die Theorie der Sache schätzen können, aber nicht die Umsetzung?«

»Weil es in der Theorie nach einer guten Idee klang!«, sagte Dr. Burns und hob die Hände zum Kopf, als wolle er sich die wenigen verbliebenen Haare direkt von der Kopfhaut reißen. »Es ist nicht *wirklich* illegal - sicherlich ein Verstoß gegen den Verhaltenskodex, der mich meinen Job kosten könnte, aber zumindest wären die Vorwürfe nicht strafrechtlicher Natur.« Er lief auf und ab und wiederholte ein Gespräch, das er schon oft mit sich selbst geführt hatte. »Aber jetzt? Es gab einen Mord! Und wir haben zwei Detektive, die herumschnüffeln. Sie werden alles aufdecken. Sie werden die Universität anrufen und ihnen die Wahrheit sagen.«

»*Kennen* sie die Wahrheit schon?«, fragte Gladys vorsichtig und hoffte, dass Dr. Burns nicht bereits etwas Unüberlegtes getan hatte.

»Nein«, seufzte er. »Aber ich werde es ihnen sagen. Morgen früh. Ich habe den Termin schon vereinbart.«

»Ich würde dir raten, das nicht zu tun«, sagte Gladys mit stählerner, ruhiger Stimme.

»Gladys -«, antwortete Dr. Burns und streckte die Arme aus, als versuche er, einen Grizzlybären zu zähmen. »Das ist nichts Persönliches. Ich hätte nie zustimmen sollen, deine Zahlung anzunehmen. Mein letzter Förderantrag wurde gerade abgelehnt, und ich hatte wohl gehofft, dass ich das Geld von dir annehmen, auf die Bewilligung des Antrags warten und den ganzen Austausch rückgängig machen könnte, sobald ich eine ordentliche Finanzierung hätte. Aber jetzt, wo das nicht möglich ist, muss ich diese ganze Scharade beenden -«

»Das willst du nicht tun«, sagte Gladys und empfand fast Mitleid mit dem schwachen Gegner vor ihr. »Du machst einen riesigen Fehler.«

Dr. Burns ging zum Rücksitz und holte eine schwarze Sporttasche heraus. Er öffnete den Reißverschluss und enthüllte Bündel von Geldscheinen, die mit Gummibändern zusammengehalten wurden. Er trat auf Gladys zu und ließ die Tasche zu ihren Füßen fallen, als würde er einem Mafiaboss ein Opfer darbringen.

»Es ist alles da«, sagte er. »Du kannst es nachzählen. Es ist alles in bar, genau wie beim ersten Mal, sodass es keinen Nachweis für den Austausch gibt. Ich musste einen Vorschuss von meiner Kreditkarte nehmen, aber das ist mir egal. Ich will nur raus.«

»Wenn du erst einmal drin bist, gibt es kein Zurück mehr«, seufzte Gladys. »Du wirst das bereuen.«

»Es tut mir leid, Gladys«, antwortete Dr. Burns. »Aber ich muss dem zuvorkommen. Wenn ich den Detektiven die Wahrheit sage und bei den Ermittlungen kooperiere, werden sie vielleicht die Universität nicht über mein Handeln informieren, und ich kann zu meinem durchschnittlichen Leben zurückkehren.«

»Du wirst also meinen Namen erwähnen?«, fragte Gladys.

»Ich glaube, ich muss das«, sagte Dr. Burns mit einem von Reue gezeichneten Gesicht. »Sie werden alles wissen wollen. Das ist mein einziger Ausweg. Um Gnade bitten und kooperativ sein. Es gibt keine andere Chance.«

»*Dies* ist deine letzte Chance«, sagte Gladys. »Halte dich an den Plan. Bleib auf Kurs. Wir sind so, *so* nah dran.«

Dr. Burns schien ihr Angebot zu überdenken, aber dann huschte Angst über sein Gesicht, als er daran dachte, was er zu verlieren hatte. »Es tut mir leid, Gladys, aber -« Er blickte zu Boden, dann wieder zu ihr auf. »Es ist vorbei.«

Damit sprang er zurück auf den Fahrersitz seines Mietwagens und fuhr rückwärts über die Kiesstraße, bog auf die Hauptstraße ein und verschwand aus dem Blickfeld. Die schwarze Sporttasche mit dem Geld stand zu Gladys' Füßen. Sie sah sie voller Verachtung an.

Gladys hatte immer das Gefühl gehabt, dass man nur den Einheimischen vertrauen konnte, und Dr. Burns hatte ihr gerade recht gegeben. Zumindest in Sunray hielten die Bewohner zusammen. Sie hatten *Loyalität*. Deshalb versuchte Gladys immer, mit Menschen zu tun zu haben, denen sie vertraute. Sie hatte ein Risiko eingegangen, indem sie Dr. Burns vertraute - einem Außenseiter. Ihr Plan war gut gewesen. Ihr einziger Fehler war es gewesen, ihr Vertrauen in jemanden zu setzen, der nicht nach Sunray gehörte.

Gladys seufzte und hob die Sporttasche auf, um sie in den Kofferraum ihres Autos zu werfen. Sie machte sich keine Sorgen - stattdessen pulsierte eine eisige Ruhe durch ihre Adern. Dr. Burns würde es bereuen, sie hintergangen zu haben.

Alles, was sie tun musste... war den Telefonbaum zu aktivieren.

KAPITEL ZWANZIG

DAS MOTEL, das Annie und Ethan für ihren Aufenthalt gewählt hatten, lag auf halbem Weg zwischen Sunray und Chesapeake. Das Gebäude war die einzige Struktur am Rande einer langen, leeren Straße. In der Dunkelheit der Nacht verschmolz sein Holzrahmen mit der Landschaft dahinter und erzeugte einen Tarneffekt. Nur das grelle Neonschild des Motels, das »VACANCY« blinkte, stach aus dem Meer von Schwarz hervor.

In einem Zimmer im unteren Stockwerk lagen Annie und Ethan im Bett, die Arme umeinander geschlungen. Auf einem bescheidenen Fernseher lief eine Late-Night-Show. Ethan fuhr mit seinen Händen durch Annies Haar. Sie ruhte ihren Kopf auf seiner Brust. Ein Moderator in der Show machte einen weiteren Witz. Weder Annie noch Ethan lachten. Annie wusste, dass sie beide die Show nur als Hintergrundgeräusch nutzten – ihre Gedanken waren woanders.

»Willst du darüber reden?«, fragte Annie und blickte zu Ethan auf.

»Er kann nicht für eine Behörde arbeiten«, antwortete Ethan. »Milo glaubt, er weiß es, aber er könnte sich irren.«

»Milo irrt sich nie«, entgegnete Annie.

»Er ist doch nur ein Kind«, zuckte Ethan mit den Schultern.

»Milo irrt sich *nie*«, wiederholte Annie. Sie drehte sich um, um Ethans Gesicht anzusehen, stützte sich auf ihre Unterarme und zog die Decke enger um ihre Schultern. »Es gibt einige gute Menschen, die bei den Behörden arbeiten«, begann sie.

»Du siehst gerade einen an«, sagte Ethan.

»Da stimme ich zu. Es gibt gute Menschen, die bei den Behörden arbeiten – und *schlechte* Menschen. Es gibt gute Menschen im Gefängnis. Es gibt schlechte Menschen, die Richter sind, die Anwälte sind.«

»Ich verstehe, worauf du hinauswillst«, antwortete Ethan. »Das macht es nicht leichter.«

»Ich weiß«, seufzte Annie. »Deshalb verlassen wir uns auf Fakten, nicht auf Vermutungen.« Sie machte eine Pause und schaute aus dem Fenster. Sie hatten die Jalousien offen gelassen, weil ihr Zimmer zur Rückseite des Motels zeigte, wo es nichts zu sehen gab außer einem leeren Feld. Draußen wehte das Gras im Wind und in der Ferne funkelten Lichter, die auf eine Stadt in der Nähe hindeuteten. »Ich schätze, du musst dich entscheiden... ist dir die Wahrheit wichtig genug, dass du bereit bist, etwas zu erfahren, was du vielleicht nicht wissen willst?«

»Es ist so lange her, seit ich sie gesehen habe«, sagte Ethan und dachte an den letzten Moment, in dem er seine Schwester gesehen hatte, bevor sie für immer verschwand. »Das Bild, das sie auf diesen *Vermissten*-Plakaten verwendet haben? Ich projiziere es ständig auf die Art, wie ich mich an sie erinnere. Als würde ich mich nur an die Vorstellung von ihr in der Presse erinnern, anstatt daran, wer sie wirklich war. Ist das nicht schrecklich?«

»Nein, ist es nicht«, sagte Annie mit leiser Stimme.

»Manchmal frage ich mich, ob ich einfach loslassen sollte«, sagte Ethan und blickte aus dem Fenster auf das dunkle, offene Feld vor ihrem Zimmer. »Ich habe so viel Zeit damit verbracht, ein Leben aufzubauen, von dem ich dachte, es würde sie ehren. Jetzt muss ich es vielleicht aufgeben, um sie zu finden.«

»Zieh keine voreiligen Schlüsse«, sagte Annie. »Wir wissen es noch nicht. Vermutungen sind keine Fakten. Du denkst zwölf Schritte voraus.«

»Klingt das nach jemandem, den wir kennen?«, lachte Ethan.

»Ich *rate* vielleicht zwölf Schritte voraus, aber ich ziehe keine so weit vorauseilenden Schlüsse«, schüttelte Annie den Kopf.

»Ich stürze mich lieber in Dinge«, sagte Ethan, zog sie näher an sich heran und schlang seine Arme um sie. »Ich habe mich Hals über Kopf in dich verliebt und bereue es bisher nicht.«

»Gib dem Ganzen Zeit«, grinste Annie.

Ethan starrte an die Decke und dachte über seine Karriere beim FBI nach. Er hatte sich immer wieder bewiesen. Einen Job bei einer Alphabetbehörde zu bekommen, hatte Bestnoten in der Schule erfordert. Sportliche Fähigkeiten. Unzählige Stunden Training. »Ich bin beigetreten, weil ich dachte, sie würden mir eine Familie geben, auf die ich zählen kann. Eine, die sich dafür einsetzt, dass andere Menschen nicht das durchmachen müssen, was wir durchgemacht haben. Eine mit *Loyalität*.«

»Loyalität«, wiederholte Annie, während das Umgebungslicht des Fernsehers blaue und gelbe Schatten über ihr Gesicht warf. »Das haben sie hier in Sunray auf jeden Fall, oder?«

»Meinst du?«, fragte Ethan, plötzlich neugierig. Er konnte erkennen, wenn Annie einer Theorie über einen Fall nachging.

»Mehr Loyalität, als ich seit langem gesehen habe«, nickte Annie. »Das macht die Dinge schwierig. Aber ich bewundere es auch. Es ist schwer, Menschen nicht zu bewundern, die zu ihrem Wort stehen. Die zusammenhalten.« Sie verschränkte ihre Hand mit Ethans und fragte sich, was es mit ihm machen würde, wenn er gezwungen wäre, das FBI zu verlassen. Es gab so wenig, auf das Ethan im Leben wirklich zählen konnte. Annie war entschlossen, die Art von Person zu sein, die ihn niemals im Stich lassen würde.

Sie blickte wieder aus dem Fenster und starrte auf die Lichter in der Ferne. Die Menschen in Sunray konnten aufeinander zählen. Und zu wissen, auf wen man zählen kann, war die halbe Miete im Leben.

KAPITEL EINUNDZWANZIG

Es war früh am Morgen, als Annie und Ethan Riggs zu einem weiteren Interview trafen. Die Morgensonne brach gerade über dem Horizont hervor und tauchte die Landschaft in oranges und rosa Licht. Riggs winkte ihnen vom Rand eines kleinen Feldes zu, auf dem er stand, eine Baseballmütze schief auf der Stirn.

»Kommt rüber«, rief er und winkte Annie und Ethan zu sich. Er stand neben seinem Transporter – Seth an seiner Seite – die Hecktüren waren geöffnet und ein Surren drang von innen heraus.

»Schon so früh auf Abwegen?«, fragte Ethan und nahm einen Schluck aus seinem Pappbecher mit Kaffee.

»Wie immer«, scherzte Riggs.

»Wieder das LIDAR-Gerät?«, fragte Annie und spähte auf einen Computersatz im Inneren des Transporters. Über ihnen gab der am Dach befestigte Scanner ein piepsendes Geräusch von sich, als er einen weiteren Kreis vollendete.

»Ganz richtig«, bestätigte Riggs. »Das ist unser letzter Bereich zum Scannen, dann sind wir hier so gut wie fertig.«

»Danke, dass Sie sich wieder mit uns treffen«, sagte Annie

und lehnte sich an den Transporter. »Seit unserem letzten Treffen sind mir noch ein paar Fragen eingefallen, die ich Ihnen stellen wollte.«

»Schießen Sie los«, sagte Riggs und machte sich Notizen auf einem Block, während Daten vom Scanner den Computerbildschirm im Heck des Transporters erleuchteten.

»Warum scannen Sie so viele Gebiete, wenn Sophia Barnaks Grundstück das einzige ist, auf dem der Diamant versteckt sein könnte?«

»Seth, übernimm du diese Frage«, sagte Riggs und nickte seinem Partner zu, während er seinen Blick auf den Bildschirm gerichtet hielt.

Seth räusperte sich. »Nun, es geht um Wahrscheinlichkeiten. Land verändert sich im Laufe der Zeit, besonders bei Naturereignissen wie Überschwemmungen oder Bränden. Dann kommt noch hinzu, dass dies alles Ackerland ist und es durch die Bewässerung viel Abfluss gibt. Es ist durchaus denkbar, dass etwas Vergrabenes auf angrenzende Grundstücke gelangen könnte.«

»Das sind aber kaum angrenzende Grundstücke, oder?«, fragte Annie und deutete auf das leere Feld vor ihnen, das am westlichen Rand von Sunray lag. »Wir sind ziemlich weit vom Tante-Emma-Laden entfernt.«

»Nun, das ist der zweite Punkt«, fuhr Seth fort. »Wir gehen in viele verschiedene Gebiete, und wir stellen immer sicher, den gesamten Bezirk zu kartieren, falls irgendwann ein privater Käufer die Scans von uns erwerben möchte. Die LiDAR-Technologie selbst ist teuer und schwer zu bekommen, und wir sind eines der wenigen kleinen Unternehmen, die sie in tragbarer Form anbieten. Wissen Sie, dank Riggs' Erfindung...« Er zeigte auf den Scanner, der auf dem Dach des Transporters montiert war.

»Was für private Käufer würden so etwas kaufen wollen?«, fragte Annie.

»Immobilienentwickler«, bot Riggs an und schnitt Seth

das Wort ab, bevor er antworten konnte. »Klimawandelspezialisten.« Er hielt inne und erinnerte sich an sein letztes Interview mit Annie. »Ich glaube, wir haben diese Frage schon einmal beantwortet.«

»Natürlich«, lächelte Annie. »Ich vermute, was ich eigentlich fragen wollte, war... haben Sie gerade einen Käufer, der an den Scans interessiert ist?«

Zum ersten Mal wandte Riggs seinen Blick vom Bildschirm ab und starrte Annie an, Besorgnis in seinen Zügen. »Wir äußern uns nicht zu laufenden Geschäften«, bot er an.

Annies Gesichtsausdruck verriet, dass sie das als ein »Ja« auffasste.

»Kein Problem«, sagte Annie und trat einen Schritt zurück. »Ich habe nur noch eine Frage.«

»Ich werde versuchen, noch eine Antwort zu haben«, sagte Riggs.

»Haben Sie während Ihrer Zeit auf dem Grundstück zufällig den Tante-Emma-Laden besucht, um sich das Innere anzusehen?«

»Nur einmal«, zuckte Riggs mit den Schultern. »Paul hat uns Zugang gewährt, um das Gebäude zu untersuchen.«

»Aber nicht seit seinem Tod?«

»Nein«, sagte Riggs.

»Ich habe mich nur gewundert, weil wir heute früher dort vorbeigekommen sind und der Ort verwüstet war. Es sah fast so aus, als wäre jemand hineingegangen und hätte alles auseinandergerissen, weil er nach etwas suchte.«

»Scheint eine schlechte Art zu suchen«, zuckte Riggs mit den Schultern, die Lüge saß bequem. »Ich kann Ihnen sagen – wir waren es nicht. Wir haben Prozesse für solche Dinge. Methodik. Wir versuchen, die Dinge so zu lassen, wie wir sie vorgefunden haben. Wir gehen nicht einfach wie Grabräuber einen Ort ausrauben.«

Seth konnte nicht anders, als die Augenbrauen zu heben –

das war *genau* das, was sie getan hatten. Annie entging der Blick nicht, der über sein Gesicht huschte.

»Die Tapete war heruntergerissen«, fuhr Annie fort. »Und was komisch war, ich hatte die Tapete selbst in der ersten Nacht bemerkt, als wir den Ort sahen. Sie war an jeder Wand glatt, außer an einer. Fast so, als hätte jemand nur dieses Stück abgezogen und wieder aufgeklebt. Seltsam, nicht wahr?«

»Merkwürdig«, stimmte Riggs zu. »Ich wünschte, ich könnte mehr Informationen anbieten, aber die Familie zog es vor, dass wir uns außerhalb auf dem Gelände aufhielten.«

»Oh!«, sagte Annie und tat so, als würde sie sich vor die Stirn schlagen. »Lustig, dass Sie das erwähnen. Wir haben mit der Familie gesprochen und sie sagten, sie hätten Sie nicht aufgesucht.«

»Wie bitte?«, fragte Riggs und lehnte sich mit einem verletzten Blick an den Transporter, als hätte Annie ihn geschlagen. »Was wollen Sie damit andeuten?«

»Nichts«, sagte Annie unschuldig. »Nur dass die Familie sagte, es wären eigentlich *Sie* gewesen, die zu *ihnen* kamen und darum baten, den Anspruch auf flüssiges Gold zu untersuchen.«

»Das ist möglich«, zuckte Riggs mit den Schultern. »Wir haben so viele wichtige Aufträge, dass ich vergesse, wer zu wem kam. Könnte diese Situation mit einer anderen verwechselt haben. Passiert.«

»Manchmal«, lächelte Annie ihn an. »Nun, danke für Ihre Zeit. Wir melden uns.«

Sie nahm einen letzten Schluck ihres Kaffees, während sie und Ethan zu ihrem Mietwagen zurückgingen. Als er ihnen nachsah, konnte Riggs das sinkende Gefühl nicht ignorieren, dass ihm die Zeit davonlief.

»Wir müssen das hier abschließen«, murmelte Riggs Seth leise zu. »Aus der Stadt verschwinden.«

»Ich bin bereit, wenn du es bist, Boss«, antwortete Seth.

Riggs wollte Seth nicht sagen, dass dies ein Abenteuer war, das sie nicht gemeinsam erleben würden. Ein kleiner Teil von Riggs hatte davon geträumt, in Sunray zu bleiben, aber jetzt drehten sich seine Gedanken, als er Pläne für seine Flucht schmiedete. Sein Herz pochte, als er ein wichtiges, quälendes Detail bedachte:

Es gab etwas, das Sunray ihm bot, das er nirgendwo anders gefunden hatte.

Und er wollte nicht gehen – ohne sie.

KAPITEL ZWEIUNDZWANZIG

VERONICA

Veronica machte sich auf den Weg zum Haus der einen Person, auf die sie sich verlassen konnte. Zumindest war sie sich *ziemlich* sicher, dass sie sich auf sie verlassen konnte. Sie saß auf dem Beifahrersitz ihres kirschroten Hyundai Sedans - ein Gebrauchtwagen, den sie in der Oberschule gekauft hatte und der auf seinem letzten Loch pfiff. Veronica hatte das Auto gezwungen, weit über den Zeitpunkt hinaus zu funktionieren, an dem es den Lebenswillen verloren hatte, hauptsächlich weil sie sich kein neues leisten konnte.

Es wird alles gut werden, sagte sie sich. *Das lässt sich in Ordnung bringen. Du hast Hilfe. Sie liebt dich und würde dich nie verraten. Es wird alles gut werden.* Sie fummelte an den Reglern auf dem Armaturenbrett herum und versuchte, die Klimaanlage herunterzuregeln. Lauwarme Luft blies ihr entgegen - ein Beweis dafür, dass die Klimaanlage als Nächstes den Geist aufgeben würde.

Es gab ein Fehlzündungsgeräusch, als das Auto eine lange, staubige Straße hinauffuhr und vor Gladys' Haus zum Stehen kam.

Veronica entspannte sich sichtlich, als sie aus dem Auto

stieg, ihre Schultern senkten sich. Sie stampfte die Veranda hoch, als gehöre ihr der Laden, und öffnete Gladys' Haustür, ohne auch nur anzuklopfen.

»Komm rein«, rief Gladys aus dem Wohnzimmer.

Veronica trat ein und fand Gladys am Küchentisch sitzend vor, ein Notizbuch lag aufgeschlagen vor ihr. Es war ein so tröstlicher, vertrauter Anblick, dass Veronica dem Drang zu weinen widerstand. Ihre Augen füllten sich trotzdem mit Tränen.

»Ach, hör auf zu heulen«, gluckste Gladys. »Es wird alles gut werden. Verstanden? Ich dachte nur, es wäre an der Zeit, über die Sache zu reden, anstatt um den heißen Brei herumzureden, von dem wir beide wissen, dass es ein Problem ist.«

»Du hast gesagt, du wolltest mit mir reden«, sagte Veronica und zitterte, obwohl sie versuchte, es zu unterdrücken. »Ich *wusste*, dass du die ganze Zeit Bescheid wusstest. Und jetzt wirst du etwas sagen, nicht wahr? Du wirst allen erzählen, was ich getan habe. Ich mache dir keinen Vorwurf, Gladys. Wirklich nicht.«

»Ich werde kein Sterbenswörtchen sagen«, seufzte Gladys und klopfte auf den Sitz neben sich. Veronica nahm Platz und verschränkte die Hände über ihren Beinen. »Wenn ich petzen wollte, hätte ich es längst getan. Denkst du wirklich, ich würde dir das antun, Kind?«, fuhr Gladys fort. »Sei still. Obwohl ich glaube, dass ich dir *tatsächlich* gesagt habe, du sollst den Job mit dem Verkauf der Farm nicht annehmen. Habe ich nicht gesagt, dass du diesen bereuen würdest?«

»Das hast du«, sagte Veronica. »Du solltest wissen, dass es nicht ganz meine Schuld war-«

»Natürlich war es das nicht«, stimmte Gladys zu. »Frauen haben es so schwer. Ein Mann macht Mist, und du musst die Scherben aufsammeln. Ich wusste es in dem Moment, als ich dich sah.«

»Ich brauchte den Job einfach«, schluchzte Veronica. »Es

ist mein erster. Wie konnte das bei meinem *ersten Job* passieren?« Sie stöhnte und vergrub ihr Gesicht in den Händen.

»Nun, es *ist* jetzt passiert«, meinte Gladys praktisch. »Und was geschehen ist, ist geschehen. Ich habe dich nicht zu einem Gespräch eingeladen, um dich unter Druck zu setzen, und ich werde dich auch nicht verpfeifen, egal, wofür du dich entscheidest. Ich schlage nur vor, dass es vielleicht an der Zeit ist, etwas zu unternehmen, anstatt sich zu verstecken. Bist du nicht müde vom Verstecken?«

Veronica nickte. »Ich dachte wirklich, ich könnte etwas bewirken«, sagte sie und wischte sich die Augen. »Ich wollte einfach nur die beste Immobilienmaklerin sein, die der Staat je gesehen hat. Und jetzt ist alles ruiniert.«

»Du kannst immer noch alles werden, was du willst«, sagte Gladys. »Aber es gibt jemanden, mit dem wir zuerst sprechen müssen.«

Veronicas Augen weiteten sich, als ihr klar wurde, was Gladys vorschlug.

»Nein, das kann ich nicht-«

»Du *musst*«, sagte Gladys. Und damit war es beschlossen. »Komm her«, Gladys schlang ihre Arme um Veronica, die in ihre Umarmung schmolz. »Du wirst diesem Problem direkt ins Auge sehen und es ausmerzen, damit es dich nicht später in den Hintern beißt. Verstecken bringt nichts. Hörst du?«

»Ich höre«, stimmte Veronica zu. Sie wusste, dass Gladys recht hatte. Sie war zu lange vor diesem Problem davongelaufen. Es war Zeit zu handeln. »Was machen wir?«

Gladys lächelte. Sie hatte einen Plan - und es war ein guter.

KAPITEL DREIUNDZWANZIG

KAREN

Stunden später wusste Karen alles. Sie saß an ihrem Küchentisch, Gladys und Veronica ihr gegenüber, beide nippten an zwei Tassen Tee in völlig unterschiedlichen Bechern. Gladys' Augen waren ungewöhnlich feucht. Veronicas Wangen waren gerötet. Die beiden Frauen waren ein Wrack.

Beide starrten sie an und warteten darauf, dass sie etwas sagte.

»Das war's dann?«, sagte Karen. Sie hatte die ganze Geschichte gehört und hatte wenig an Reaktion zu bieten.

»Das war's«, bestätigte Gladys. »Du weißt jetzt alles.«

»Na gut dann«, nickte Karen. Sie drehte die Teetasse in ihrer Hand und betrachtete das Muster an der Seite. »Gefallen euch meine Tassen?«, fragte sie und deutete auf die bunten Becher in ihren Händen.

Veronicas Augenbrauen hoben sich überrascht. »Karen, ich glaube, du verstehst nicht, was ich dir gerade erzählt habe! Ich sage, dass-«

»Sie versteht, was du sagst«, gluckste Gladys. »Sie hat

doch Ohren, oder? Und auch ein perfekt funktionierendes Gehirn, nehme ich an, Karen?«

»Soweit ich weiß, funktioniert alles einwandfrei«, stimmte Karen zu und tippte sich an die Schläfe.

»Siehst du«, nickte Gladys zufrieden. »Karen versteht *genau*, was du gesagt hast. Es ist ihr nur ziemlich egal. Stimmt's?«

»Würde nicht sagen, dass es mir völlig egal ist«, zuckte Karen mit den Schultern. »Aber ich verstehe, warum du es getan hast. Es gab viele Male, wo ich dasselbe hätte tun können. Fast wünschte ich, ich hätte es getan. Aber jetzt... das hat sich alles ziemlich gut für mich entwickelt.«

»Das- das kann nicht wahr sein-«, stotterte Veronica.

»Und warum nicht?«, lächelte Gladys. »Karen war in letzter Zeit ziemlich beschäftigt mit ihren Abenteuern, nicht wahr, Karen?«

Karen warf Gladys einen warnenden Blick zu. »*Private* Abenteuer, ja«, sagte Karen. Sie räusperte sich. »Was Gladys meint, ist, dass ich das Haus renoviert habe. Die Dinge ein bisschen aufgehellt.«

»Mir gefiel die grüne Farbe, die du im Eingangsbereich gestrichen hast«, bot Veronica schwach an und ließ ihren Kopf in ihre Hände fallen. »Das ist so ein Schlamassel«, sagte sie und wischte sich den Rotz von der Nase. »So ein Schlamassel.« Sie sah Karen wieder an. »Es tut mir so leid. Ich werde das alles nie wieder in Ordnung bringen können.«

»Nicht ganz«, sagte Gladys und knallte ein Notizbuch auf den Tisch. Sie öffnete es auf einer Seite, die eine Liste von Telefonnummern zeigte, mit vollständigen Namen und Adressen daneben. »Ich denke, es braucht nur ein bisschen Ellbogenschmalz. Der Telefonbaum ist über die Jahre ziemlich lang geworden, aber zu dritt werden wir das schon schaffen.«

»Zu dritt?«, fragte Veronica überrascht.

»Du dachtest, ich würde nicht helfen?«, sagte Karen und

schüttelte den Kopf. »Schätzchen«, sie streckte ihre Hand über den Tisch und legte sie auf Veronicas Hand. »Ich habe auf dich aufgepasst, als du drei Jahre alt warst. Du hast mir diese Suppe gebracht, als du ein Teenager warst und ich meine Handoperation hatte, erinnerst du dich?«

»Natürlich erinnere ich mich«, sagte Veronica. »Es ist nur dein *Ehemann*-«

»War so nutzlos, wie man nur sein kann«, sagte Gladys. »Mehr Ärger, als er wert war.«

»Ein richtiger alter Esel«, stimmte Karen zu. »Der Punkt ist, ich kenne dich dein ganzes Leben lang. Wir machen die Dinge hier auf unsere eigene Art, und ich verstehe genau, was uns zu diesem Moment geführt hat, besser als du denkst. Wir brauchen niemand anderen, der sich in eine Situation einmischt, die sie nichts angeht. Also...«, sie machte eine Pause und blickte auf den Telefonbaum. »Ich fange mit diesen Seiten an«, sagte Karen und riss ein paar Blätter des Telefon-baums aus Gladys' Notizbuch.

»Und ich nehme diese«, sagte Gladys und riss weitere Seiten aus dem Buch, um sie vor sich hinzulegen. Sie reichte den Rest des Telefonbaums Veronica. »Der Rest gehört dir.«

»Was sagen wir?«, fragte Veronica, ihr Gesicht immer noch gerötet. »Wie bringen wir alle dazu, es zu verstehen, ohne ihnen alles zu erzählen?«

»Alles, was wir brauchen«, lächelte Gladys, »ist der perfekte Sündenbock. Jemand, der ein Außenseiter ist. Jemand, der nicht einer von *uns* ist. Und ich habe einen Hauptkandidaten...«

»Ich muss nur bis sieben fertig sein«, sagte Karen und zwirbelte eine Haarsträhne um ihren Finger. »Ich habe... *Pläne*.«

Gladys gab ein missbilligendes Schnauben von sich, das Karen geflissentlich ignorierte. Die drei Frauen nahmen ihre Handys und begannen zu wählen, aktivierten den Telefonbaum mit der Kraft einer Naturkatastrophe - unaufhaltsam und unwiderlegbar.

Gladys konnte nicht anders als zu lächeln. Dr. Burns würde es bereuen, sie hintergangen zu haben.

KAPITEL VIERUNDZWANZIG

DR. BURNS

Dr. Burns hatte sich entschieden, Annie und Ethan an einem neutralen Ort zu treffen. Genauer gesagt, hatte er das einzige Diner der Stadt ausgewählt und saß nun in einer Nische im hinteren Teil, mit einem Teller Bratkartoffeln und Eiern vor sich. Über ihm flackerte eine Deckenlampe. Außerhalb der Fenster des Diners ließ der dunkle Nachthimmel die Neonschilder der wenigen Geschäfte in dieser Straße wie Neonbojen auf einem schwarzen Ozean erscheinen.

»... und als mein Forschungsantrag abgelehnt wurde, wurde mir klar, dass mein einziger Ausweg darin bestand, Ihnen alles zu erzählen«, sagte Dr. Burns, während er die Bratkartoffeln mit seiner Gabel herumschob, als könnten es die letzten sein, die er je essen würde. »Also bin ich hier, bereit, Ihnen alles zu erzählen.«

»Klingt ausgezeichnet!«, antwortete eine fröhliche Stimme. Annie saß ihm gegenüber, Ethan an ihrer Seite. Sie hatten gerade zwei Cheeseburger verspeist, und ihre Körperhaltungen spiegelten einander. Beide zeigten eine seltsame Fröhlichkeit, die Dr. Burns sich ganz allein auf der Welt fühlen ließ.

»Sie sind bereit zu hören, was ich getan habe?«, fragte Dr. Burns, ein wenig überrascht von der Leichtigkeit, mit der sie an die Sache herangingen. »Ich habe noch nie ein Verbrechen gestanden. Ich hätte nicht erwartet, dass es sich so... willkommen anfühlen würde.«

»Wir lieben es, wenn Menschen gestehen«, zuckte Annie mit den Schultern, als versuchten diese, alle Sorgen abzuschütteln. »Normalerweise bevorzugen wir es, wenn sie einen Mord gestehen, aber ich weiß, dass es darauf bei Ihnen nicht hinausläuft. Also werde ich mich mit dem zufriedengeben, was Sie zu teilen haben.«

»Nun gut«, räusperte sich Dr. Burns. »Sie haben Recht, dass es sich nicht um *Mord* handelt. Ich habe Paul nicht getötet. Obwohl, wenn ich es getan hätte, würde ich es Ihnen nicht sagen. Nur aus Neugier, was macht Sie so sicher, dass ich es nicht war?«

Annie rührte mit dem Strohhalm in ihrem Softdrink, mit einem abwesenden Blick in den Augen. »Weil jemand anderes es getan hat«, sagte sie, als hätte er die dümmste Frage gestellt, die sie je gehört hatte. »Die Beweise sind offensichtlich, aber ich habe noch ein paar lose Enden zu verknüpfen. Ich fürchte, die Identität des Mörders wird nur klarer, je mehr Zeit vergeht.«

»Oh«, überlegte Dr. Burns und blickte zu Ethan. »Wissen *Sie*, wovon sie spricht?«

»Keine Ahnung«, sagte Ethan mit einem Lächeln. »Aber ich habe gelernt, einfach mitzufließen.«

»Interessant«, sagte Dr. Burns und strich sich übers Kinn. Plötzlich hatte er das Gefühl, einen schrecklichen Fehler gemacht zu haben, indem er sich entschieden hatte, seine Sünden zu gestehen. Wenn Annie bereits einen Verdächtigen im Sinn hatte und dieser Verdächtige *nicht* er war, wäre er vielleicht besser dran, den Mund zu halten. »Wissen Sie«, sagte er und streckte die Arme weit aus. »Mir ist gerade aufgefallen, wie beschäftigt Sie beide sind, mit dem Lösen eines Mordes und so. Und was ich zu sagen habe, war so geringfügig... es wäre vielleicht besser für mich, zurück zum Gasthaus zu gehen, anstatt Sie mit Kleinkriminalität abzulenken...«

Er begann aufzustehen, aber Ethan stand ebenfalls auf und blockierte den Ausgang der Nische mit verschränkten Armen.

»Wir würden trotzdem gerne hören, was Sie zu gestehen haben«, bot Annie freundlich an. »Auch wenn es geringfügig ist, könnte es bei den Ermittlungen helfen. Außerdem möchte ich jedes Rätsel hier lösen, und Ihre bloße Anwesenheit in Sunray war, gelinde gesagt, ziemlich seltsam.«

Dr. Burns setzte sich geschlagen. Ethan kehrte auf seine Seite der Nische zurück, und die drei waren wieder gemütlich an ihren Plätzen. Jetzt, da das Gleichgewicht wiederhergestellt war und Dr. Burns erkannte, dass er keinen anderen Weg hatte als vorwärts, überkam ihn eine Ruhe. Es war jetzt oder nie. Er holte tief Luft und begann, die Wahrheit zu erzählen.

»Ich habe Geld von einem Bewohner von Sunray angenommen, um hier meine Forschung durchzuführen«, sagte Dr. Burns. »Dieser Bewohner, so glaube ich, ist an die Gelder illegal gekommen.«

»Ausgezeichnet«, sagte Annie, erfreut darüber, dass diese Nachricht mit ihrer aktuellen Theorie darüber, wer Paul Kasinski ermordet hatte, übereinstimmte. »Weiter?«

»Die Universität von Virginia verbietet es mir, privat finanzierte Forschung zu betreiben, ohne die richtigen Kanäle zu durchlaufen«, sagte Dr. Burns, und ein schuldiger Blick huschte über sein Gesicht. »Aber ich konnte nicht widerstehen. Mein Antrag war abgelehnt worden. Niemand sieht heutzutage mehr den Wert darin, die Bildung von Einwanderergemeinschaften zu untersuchen! Sie verstehen nicht, dass der Zugang zu unserer Vergangenheit der Schlüssel zur Erschließung der Gegenwart ist-«

»Eine Schande«, nickte Annie, obwohl der dringliche Ton ihrer Stimme darauf hindeutete, dass sie sich nicht um die abscheuliche Missachtung der Geschichte durch die Gesellschaft kümmerte. »Sie haben also eine Bezahlung von einem Bewohner von Sunray angenommen, um Forschungen über die Geschichte der Gegend durchzuführen?«

Dr. Burns nickte. »Ich dachte, ich könnte private Gelder nutzen, um den Ball ins Rollen zu bringen, und es dann zurückrechnen, sobald ich eine ordentliche Bewilligung erhalten hätte. Sie müssen mir glauben, ich bin wirklich daran interessiert, die historische Resonanz dieser unglaublich einzigartigen Gemeinschaft zu bewahren-«

»Ich glaube Ihnen«, versicherte Annie ihm. »Eine entscheidende Frage bleibt: Warum wollte dieser Bewohner, dass Sie Sunray erforschen, und war bereit, dafür eine hübsche Summe zu zahlen? Was hatte er davon?«

»Ich wurde nicht gebeten, Sunray insbesondere nicht zu erforschen, obwohl ich natürlich eine gründliche Studie des gesamten Gebiets durchgeführt habe, ansonsten wäre meine Forschung bedeutungslos und nicht veröffentlichbar gewesen.« Dr. Burns schob seine Brille höher auf seine Nase. »Stattdessen wollte diese Person, dass ich speziell den Laden von Sophia Barnak untersuchte.«

»Um was zu entdecken?«

»Ob er als Wahrzeichen durch Sunrays Historische Gesellschaft anerkannt werden könnte.«

»Ist das ein schwieriger Status zu bekommen?«, fragte Ethan.

»Ja, tatsächlich«, Dr. Burns griff in seine Aktentasche und kramte darin herum, zog ein Papier heraus, das er über den Tisch reichte. »Man muss all diese Standards erfüllen.« Er beugte sich über seinen Teller und zeigte auf die durchnummerierten Punkte auf der Seite. »Punkt eins... Das Anwesen muss eine ursprüngliche Bedeutung für die Besiedlung von Sunray vor 1930 haben. Punkt zwei... Das Anwesen muss sich derzeit in einem nahezu ursprünglichen Zustand befinden. Punkt drei... es muss ausreichende Dokumentation vorgelegt werden, um die historische Bedeutung des Anwesens zu belegen...«

»Eine ziemlich lange Liste von Punkten«, bemerkte Annie. »Und Sie müssen all das beweisen, um den historischen Status zu erhalten? Ich kann verstehen, warum die Person, die Sie angeheuert hat, einen Experten wollte.«

»Ich habe so viel Zeit auf dem Grundstück verbracht, den Laden fotografiert. Ich war in der Bibliothek, im Gerichtsgebäude - ich habe Hunderte von Seiten, die wir dem Antrag beigefügt haben.«

»Dann ist es also erledigt?«, fragte Annie. »Sie haben den Antrag gestellt?«

»Bestimmte Dokumente haben sich mir entzogen«, seufzte Dr. Burns, beschämt darüber, dass er selbst bei dieser einfachen Aufgabe versagt hatte. »Namentlich die Originalurkunde des Grundstücks, die Sophia Barnaks Eigentum zu jener Zeit beweist. Es gab keine Aufzeichnungen über das Dokument in der örtlichen Bibliothek oder im Gerichtsgebäude. Ich hatte Paul in der Nacht vor seinem Tod davon erzählt, in der Hoffnung, er könnte es im Laden oder durch die Familie im Westen finden. Und als er dann ermordet wurde, habe ich meine Forschung unterbrochen.«

»Und warum das?«, Annie verschränkte die Arme, als wüsste sie die Antwort bereits.

»Weil ich befürchtete, dass der Mord mit der Person in Verbindung stand, die mich angeheuert hatte. Sehen Sie, die Person, die mich engagiert hatte, war verzweifelt darauf aus, den Verkauf des Grundstücks zu verhindern. Und sie dachte, dass die Erklärung des Grundstücks zum historischen Denkmal den Prozess verlangsamen würde.«

»Warum sollte das den Verkauf verlangsamen?«, fragte Ethan.

»Weil man auf einem historischen Denkmal nicht *bauen*

darf, stimmt's?«, sagte Annie. Dr. Burns nickte kaum merklich zur Bestätigung. »Ein historisches Denkmal muss intakt bleiben, und alle Gebäude müssen in ihrem ursprünglichen Zustand erhalten werden. Denkmalschutzvereine können den Grundstückseigentümern eine ganze Litanei von Auflagen machen. An manchen Orten darf man nicht einmal einen Zaun außerhalb eines historischen Denkmals verändern. Ein Käufer könnte also weder den Eckladen abreißen noch ein neues Gebäude auf dem Grundstück errichten. Sie müssten es im Ist-Zustand kaufen. Das schränkt das Feld der potenziellen Interessenten stark ein.«

»Das tut es«, stimmte Dr. Burns zu. »Ich fand es eigentlich ziemlich clever, dass sie sich so einen Plan ausgedacht hat.«

»Und das bringt uns zu unserer letzten Frage«, lächelte Annie. »Wer hat Sie beauftragt, das Barnak-Grundstück zu recherchieren?«

»Sie wird die Hölle los sein, wenn sie es herausfindet«, sagte Dr. Burns, während seine Arme leicht zitterten. »Die Leute schreiben sie schnell ab, aber die Frau ist praktisch ein Mafiaboss.«

»Ich muss Sie ihren Namen sagen hören«, antwortete Annie.

Es gab eine lange Pause, und dann sagte Dr. Burns den Namen, auf den Annie gehofft hatte:

»Gladys.«

KAPITEL FÜNFUNDZWANZIG

VERONICA

Es war spät am Abend – oder früh am Morgen, je nachdem, wie man es betrachtete –, als Veronica, Gladys und Karen die Telefonkette endlich aktiviert hatten.

Sie waren etwa bei der Hälfte der Liste angelangt, als Karen sich entschuldigte, um sich mit einer nicht näher genannten Person zu treffen. Sie schob ihren Stuhl zurück und sagte schlicht: »Ich muss jetzt los, Mädels.«

»Wir können das mit zu Gladys nach Hause nehmen...«, sagte Veronica und hob die Stapel von Zetteln mit Telefonnummern hoch, die über den Tisch verstreut waren.

»Unsinn«, antwortete Karen. »Bleibt genau hier, bis ihr fertig seid. Das ist zu wichtig, um es zu unterbrechen.« Sie warf Gladys einen wissenden Blick zu. »Wenn ihr vor mir geht, macht bitte die Fliegentür zu. Betty hat sich angewöhnt, uneingeladen reinzukommen. Hat mich neulich zu Tode erschreckt. Ich bin aufgewacht, und sie stand über mir und versuchte praktisch, zu mir ins Bett zu klettern.«

»Machen wir«, versicherte Gladys ihr. »Viel Spaß. Aber nicht *zu* viel Spaß.«

Damit war Karen durch die Küchentür verschwunden

und ließ Gladys und Veronica zurück, um die restlichen Nummern anzurufen. Die Stunden vergingen wie im Flug, und ehe Veronica sich versah, hatten sie die gesamte Telefonkette abgearbeitet. Als sie fertig waren, hatten sie wie von Karen gewünscht die Fliegentür abgeschlossen und Betty, die auf den Feldern schlief, zum Abschied zugewinkt.

Jetzt saßen sie auf Gladys' Veranda und aßen gemeinsam zwei ihrer berühmten Brownies.

»Die werden jedes Mal besser, wenn du sie machst«, sagte Veronica zu Gladys und blickte dabei auf den Tante-Emma-Laden auf dem Grundstück nebenan.

»Das liegt nur daran, dass ich die Stärke erhöhe«, sagte Gladys, wischte sich den Mund ab und nahm noch einen Bissen.

»Nein«, Veronica kaute langsam. »Es ist die Schokolade. Sie wird mit jeder Charge besser.« Sie hielt inne, in Gedanken versunken. »Und eigentlich... was *ist* Schokolade überhaupt?«

»Ist das nicht eine Bohne?«, antwortete Gladys.

»Eine Kakaobohne«, stimmte Veronica zu. »Aber wenn Schokolade eine Bohne ist, warum schmeckt sie dann nicht *wie* eine Bohne?«

»Vielleicht ist alle Schokolade eine Bohne, aber nicht alle Bohnen sind Schokolade«, bot Gladys hilfreich an.

»So wie alle Mörder Menschen sind, aber nicht alle Menschen Mörder sind«, sagte Veronica und lehnte sich auf ihre Ellbogen zurück, sodass die warme Brise über ihr Gesicht strich. »Mörder. Das ist ein ziemlich großes Wort, oder?« Veronica wollte nach einem weiteren Brownie greifen, aber Gladys nahm ihn ihr mit der flinken Bewegung eines geübten Experten aus der Hand.

»Für dich keinen mehr«, sagte Gladys und biss selbst in den Brownie. »Du fängst an, mich zu gruseln. Das ist der Moment, wo Schluss ist.«

»Wie du meinst«, zuckte Veronica mit den Schultern.

»Denkst du jetzt weniger von mir?«, fragte sie ganz plötzlich, ihre Augen wurden feucht.

»Natürlich nicht«, antwortete Gladys.

»Ich wollte doch nur etwas aus mir machen«, sagte Veronica. »Mehr sein als die Summe meiner Teile. Eine größere Persönlichkeit werden, als ich am Anfang war, und für die Welt um mich herum auf eine nicht zu leugnende Art wichtig sein. Ich wollte etwas *Besonderes* tun. Findest du das so schlimm?«

»Nicht schlimm«, sagte Gladys, die die Torheit der Jugend erkannte. Als sie jünger war, hatte sie sich so sehr gewünscht, aufzufallen. Später hatte das Alter sie gelehrt, dass es im Leben nicht darum ging, aufzufallen – sondern darum, die authentischste Version seiner selbst zu sein, die man sein konnte. »Nur ein bisschen daneben. Du wirst verstehen, was du eigentlich sagen willst, wenn du älter bist.«

»Trifft sich Karen mit jemandem?«, fragte Veronica. »Sie hatte diese Ausstrahlung, als hätte sie jemanden gefunden, der sie auf die richtige Art ansieht. Du weißt, was ich meine, wenn ich sage, auf die richtige Art?«

»Allerdings«, bestätigte Gladys.

»Ich hoffe, ich finde eines Tages jemanden, der mich so ansieht. Verdammt, ich hoffe, ich sehe mich selbst eines Tages so an. Aber es ist immer die falsche Person, oder?«, sinnierte Veronica laut und dachte an all die falschen Menschen, denen sie bisher in ihrem Leben begegnet war. »Warum ist es *immer* die falsche Person?«

»Keine Ahnung«, sagte Gladys und legte die Füße auf die Treppe. »Aber ich schätze, sie sind alle falsch, bis der Richtige kommt.«

»Wooooah«, seufzte Veronica, ihre Augen weiteten sich. »Das war so tiefgründig.« Sie hielt inne und stellte sich Karen irgendwo in der Welt mit einem geheimnisvollen Mann vor, der sie genau auf die richtige Art ansah. Sie malte sich die beiden aus, wie sie Händchen hielten, sich einfach nur anstarrten, mitten auf einem Feld saßen, als wären sie die einzigen Menschen auf der Erde. »Wenn Karen *tatsächlich* jemanden trifft, hoffe ich, dass es der Richtige ist.«

»Oh«, seufzte Gladys. »Das bezweifle ich stark.«

»Warum?«, fragte Veronica.

»Weil«, sagte Gladys, »er nicht einer von uns ist. Er ist von außerhalb. Und du weißt ja, wie das immer ausgeht.«

Veronica nickte. Sie wusste genau, wie das ausging.

»Dann ist es zum Scheitern verurteilt«, stimmte Veronica zu. »Vermutlich will sie deshalb nicht, dass es jemand erfährt, oder?«

»Das, und die Tatsache, dass sie verheiratet ist«, antwortete Gladys.

»Oh ja«, kicherte Veronica. »Ich vergesse Paul immer. Aber ich schätze, das werde ich jetzt nicht mehr können.« Ihr Gesicht fiel plötzlich in sich zusammen, als hätte sie sich an einen schlechten Traum von letzter Nacht erinnert. »Nicht für den Rest meines Lebens. Niemals, nie, solange ich lebe, werde ich ihn jemals vergessen können-«

Plötzlich nahm Gladys Veronicas Gesicht in ihre Hände und umfasste es, als wären ihre Wangen ein Vogel, der davonfliegen könnte. »Jetzt hör mir mal zu«, sagte sie, und in ihren Augen spiegelte sich eine ernste Klinge. »Lass niemals einen Mann den Verlauf des Rests deines Lebens bestimmen. Wenn die Rollen vertauscht wären, glaubst du, er würde jede Nacht für immer an dich denken? Glaubst du, er hat in dieser Nacht überhaupt an *deine* Gefühle gedacht, oder nur an sich selbst und was er in dem Moment wollte?«

Sanft schüttelte Veronica den Kopf, um anzudeuten, dass sie nicht glaubte, dass er sehr intensiv über ihre Existenz nachdenken würde.

»Verdammt richtig, das würde er nicht. Paul würde jetzt an sich selbst denken und an seinen nächsten Schritt. Das ist es, was du jetzt machen wirst, Schätzchen. Über deinen nächsten Schritt nachdenken.«

»Mein nächster Schritt«, wiederholte Veronica und massierte ihre Wangen, die jetzt frei von Gladys' Griff waren. Sie lehnte sich wieder auf ihre Ellbogen zurück und blickte zu den Sternen hinauf. Es waren zu viele, um sie zu dieser Jahreszeit zu zählen, und sie schienen sie auf eine beruhigende Art zu überragen – als wäre jeder Stern die Möglichkeit einer besseren Zukunft, wenn sie nur mutig genug wäre, sie zu ergreifen.

KAPITEL SECHSUNDZWANZIG

RIGGS

Riggs wusste, dass es eine gute Nacht werden würde. Er saß auf der Motorhaube seines Vans, wo er ein provisorisches Dachdeck gebaut hatte. Eine warme Decke und zwei Kissen lehnten an der Konstruktion. Der Van stand auf einem offenen Feld und zeigte in Richtung eines Wasserturms. Es war eine einfache Aussicht, aber sie ließ Riggs sich mit etwas Größerem verbunden fühlen. Er war überrascht gewesen, dass das Leben in einer Kleinstadt ihm dasselbe Gefühl der Verbundenheit gab wie die Jagd nach Antiquitäten rund um die Welt. Riggs hatte immer gedacht, er müsse die Welt sehen, um Teil von etwas zu sein, aber seit seiner Ankunft in Sunray war ihm eine neue Art zu leben bewusst geworden. Sunray hatte Riggs gelehrt, dass Abenteuer allein nicht ausreichte, um ein Leben zu erfüllen. Es war die *Liebe*, die das Leben lebenswert machte.

Und Riggs hatte seine eigene Liebe gefunden.

In genau diesem Moment wurde ihre perfekte Figur in der Ferne sichtbar. Sie war in seinem Alter und umwerfend. Die langen Stunden, in denen sie den Bauernhof bewirtschaftete, hatten sie stark und lebenskräftig gemacht. Der Ausschnitt des Lebens, den sie bisher erfahren hatte, machte sie weiser als jedes Artefakt, das er je aus dem Dreck gezogen hatte.

Da war sie, lächelte ihn an: Karen Kaminski.

Egal, dass sie Paul Kaminskis Frau war. Kleine Details wie Ehe oder Verbindlichkeit hatten Riggs nie gestört. Er war oft genug um die Welt gereist, um zu wissen, dass nur zwei Dinge zählten: was ein Mensch bereit war zu tun, um zu bekommen, was er wollte, und wen er auf die Reise mitnahm.

Nein, es störte Riggs nie, dass Karen mit Paul verheiratet war. Er hatte den anderen Mann kaum beachtet, als er in jener ersten Nacht, in der er sie getroffen hatte, seinen Schachzug machte, als er gekommen war, um sie zu fragen, was sie über das Nachbargrundstück von Sophia Barnaks Laden wusste.

Er erinnerte sich klar an den Moment. Er hatte an der Fliegengittertür geklopft und erwartet, dass eine gelangweilte Hausfrau öffnen würde. Stattdessen erschien Karen im Türrahmen, und Riggs' Herz setzte einen Schlag aus.

Eins führte zum anderen, und er fragte sie, ob er sie unter dem Vorwand, »ihr Gehirn anzuzapfen« bezüglich des Bauernhofs, in die örtliche Bar auf einen Drink einladen könne.

Sie stimmte zu, und dort – an einem Tisch über dem sägemehlbedeckten Boden sitzend – verliebte sich Paul in sie. Er erfuhr von Karens Leidenschaft für Kunst und wie ihr Mann sie aus Angst, sie könnte ihn verlassen, erstickt hatte. Er hörte ihren Geschichten über die Skulpturen zu, die sie gemacht hatte, und über den Kunstgeschichtsabschluss, den sie erworben, aber nie genutzt hatte, abgesehen davon, gelegentlich Sommerschulkurse zu geben. Paul teilte seine eigenen Geschichten darüber, wie er Kunst auf der ganzen Welt gefunden hatte, im Sand vergraben und unter dem Meer.

Karen trat auf ihn zu und küsste ihn hart. Das war eine weitere Sache, die Riggs an Karen liebte. Sie war voller rauer Kanten und sanfter Landungen, fähig, zwei gegensätzliche Kräfte gleichzeitig zu präsentieren.

»Hab dich vermisst«, sagte Karen und lächelte ihn an, als sie sich trennten. »Aber nur ein bisschen.«

Da war es. Die Tatsache, dass sie ihn wollte, aber nicht *brauchte*. Noch ein Grund, warum Riggs sich in Karen verliebt hatte.

»Ich habe uns einen Abend bereitet«, sagte er, nahm ihre Hand und führte sie die Stahlleiter hinauf, die vertikal an der Seite des Vans verlief. Sie kletterte Sprosse für Sprosse hinauf und keuchte auf, als sie das Dach des Vans erreichte und den improvisierten Aussichtsbereich entdeckte, den Riggs geschaffen hatte. Flauschige Kissen luden ein, und funkelnde Lichter sorgten für eine romantische Wirkung.

»Scheint, als würdest du mich irgendwie mögen«, sagte Karen.

»Ich mag dich so sehr, dass ich einen Vorschlag für dich habe«, antwortete Riggs, lehnte sich auf seine Arme zurück und blickte zu den Sternen hinauf. Karen schmiegte ihren Kopf an seine Schulter, und er wusste – dies war der Moment, auf den er gewartet hatte. »Ich habe es gefunden«, flüsterte er in ihr süß duftendes Haar.

Karen setzte sich ruckartig auf. »Nein!«, rief sie aus und drehte sich um, um ihn genauer anzusehen. »Den Schatz?«

Riggs nickte. Er griff unter eines der Kissen und zog einen einfachen Aktenordner hervor. Er reichte ihn Karen, die ihn öffnete, ihre Augen weiteten sich vor Schock. »Das ist – das ist es?«

»Ich dachte, es wäre der Diamant, aber ich lag falsch, Karen«, sagte Riggs, aufgeregt, endlich teilen zu können, was er gelernt hatte. »*Płynne złoto*, flüssiges Gold. Es war überhaupt nicht der Diamant. Es war-«

»Ich verstehe jetzt«, nickte Karen und starrte auf die Papiere in der Akte. »Was wirst du damit machen?«

Es entstand eine Pause, als Riggs ihre Hände in seine nahm. »Ich werde fliehen«, gab er zu. »Und ich möchte, dass du mit mir kommst. Morgen. Ich habe bereits ein Flugzeug gechartert. Wir nehmen es und verschwinden aus der Stadt, vorzugsweise aus dem Land. Wir können neue Identitäten kaufen. Meine Vergangenheit auslöschen, damit wir frei reisen können. Wir können neu anfangen, zusammen. Vielleicht irgendwo am Meer«, fügte er hinzu und blickte auf das weite Meer des tintenartigen Nachthimmels am Horizont. »Ich kann nach Schiffswracks suchen und du kannst an deinen Skulpturen arbeiten. Es wird ein völlig neuer Anfang sein. Wir könnten sogar heiraten, wenn...« Riggs hielt inne und fühlte sich plötzlich verletzlich. »... wenn dich das interessiert.«

Karen blinzelte ihre Überraschung weg. Sie hatte sich vor langer Zeit in Sunday niedergelassen und sich nie vorgestellt, irgendwo anders zu leben. Was Riggs anbot, war eine Fantasie. Aber Karen hatte aus Erfahrung gelernt, dass Fantasien sich oft als genauso kompliziert herausstellten wie alles andere im Leben. Paul hatte als Fantasie begonnen, und sieh nur, wie das ausgegangen war. Er hatte ihr Sicherheit und Geborgenheit versprochen. Stattdessen hatte Paul ihr Schmerz und Unsicherheit gebracht. Wie konnte sie sicher sein, dass Riggs sich nicht als die gleiche Art von Mann herausstellen würde?

»Was ist mit Seth?«, sagte Karen und bezog sich auf Riggs' Partner, während sie versuchte, Zeit zum Nachdenken zu gewinnen. »Wird er nicht seinen Anteil wollen?«

»Seth«, Riggs winkte ab. »Er wurde für seine Zeit bezahlt. Er hat keinen Anspruch auf irgendetwas, aber wenn du dich damit besser fühlst, können wir ihm etwas Geld aus dem Ausland überweisen, sobald wir dort sind.« Riggs küsste sie und presste seine Lippen auf ihre, als könnte die Aktion sie aufwecken. »Karen, Schatz, das ist es. Es ist alles, was wir je wollten, direkt vor uns, aber wir müssen morgen abreisen. Diese Detektive schnüffeln herum. Wenn das herauskommt, wird es Streitigkeiten um den Besitz geben. Uneinigkeiten darüber, wer Anspruch auf was hat. Es ist Zeit. Alles, was du tun musst, ist *Ja* zu sagen.«

Karen starrte ihn an, unfähig zu glauben, wo sie im Leben gelandet war. Alles, was sie je gewollt hatte, war ein guter Ehemann, ein sicheres Haus und ein ehrliches Leben. Jetzt stand sie da mit einem toten Ehemann, der von Anfang an nie gut gewesen war, einem ausgezeichneten Liebhaber und der Möglichkeit, unabhängig wohlhabend zu sein. Das Leben war witzig auf diese Weise. Es erinnerte Karen an die Skulpturen, die sie machte. Sie begannen als nichts weiter als ein Haufen Ton, aber wenn sie mit ihnen fertig war, waren sie Vögel im Flug oder Frauen, die Krüge hielten. Vielleicht war dies ihre Chance, etwas Neues zu versuchen.

Karen kaute einen Moment lang auf ihrer Unterlippe, dann sagte sie das Wort, das sie bis zu diesem Punkt zu ängstlich gewesen war auszusprechen:

»Ja.«

Da. Es war getan. Sie küsste Riggs unter den Sternen und sagte sich, dass es egal war, wohin sie ging – ob die Erfahrung sich als Traum oder Albtraum herausstellen würde – zumindest würde es ein großes Abenteuer sein.

KAPITEL SIEBENUNDZWANZIG

DR. BURNS

Es war zwei Uhr morgens, als Dr. Burns den seltsamsten Traum hatte. Er träumte, dass er im Bett aufrecht saß und seine Augen öffnete, aufgeschreckt vom Geräusch der Tür seines Hotelzimmers, die weit aufgeworfen wurde. Sheriff Chomski stand vor ihm, mit gezogener Waffe und zwei Kadetten der Virginia State Troopers an seiner Seite. In Dr. Burns' Traum las Sheriff Chomski ihm seine Rechte vor, während die State Troopers ihm die Hände hinter dem Rücken fesselten und ihn auf äußerst unwürdige Weise aus dem Bett zerrten. Irgendwo in diesem Chaos war sich Dr. Burns sicher, gehört zu haben, wie Sheriff Chomski sagte, er werde wegen des Mordes an Paul Kaminski verhaftet, was eine amüsante Vermischung von Tatsachen war, da Dr. Burns Paul nie angefasst hatte. Dr. Burns fand es faszinierend, dass sein Gehirn einen Albtraum mit etwas aus seinem täglichen Leben verband, wie der Untersuchung auf der Barnak-Farm. Was für ein Wunder war doch das Träumen!

Während der Albtraum-Verhaftung war Dr. Burns nur mit seinem gestreiften Schlafanzug bekleidet, der beim Waschen eingelaufen und viel zu klein für ihn geworden war, sodass seine Knöchel der Witterung ausgesetzt waren. Die Polizisten hatten seinen schockierten, schlaffen Körper in den Flur und aus dem Bed & Breakfast geschleift und ihn wie ein trauriges Gepäckstück in einen Polizeiwagen geschoben. Im Traum hatte Dr. Burns nur immer wieder geblinzelt, sich bewusst, dass er träumte, und staunte über die Seltsamkeit des Ganzen. Er versuchte nicht einzugreifen oder den Prozess zu stoppen, wenn auch nur, weil das die Art war, wie mit Träumen umzugehen war - es war am besten, sich zurückzulehnen und die Fahrt zu genießen, versichert durch die Garantie, dass man kurz darauf aufwachen würde, nachdem man das Schlimmste überstanden hatte.

Dr. Burns wartete darauf aufzuwachen, aber der Moment kam nie.

Erst als er auf der Polizeiwache von Sunray in der einzigen Gefängniszelle saß, begann Dr. Burns zu begreifen, dass dies alles kein Traum war. Er *war* tatsächlich verhaftet worden. Er *war* wirklich in Handschellen, sein rechter Arm an die Stahlbank gefesselt, auf der er saß. All dies war real, und Dr. Burns steckte in sehr großen Schwierigkeiten.

Von der Seltsamkeit der Situation getroffen, spürte Dr. Burns, wie sein Atem sich beschleunigte, und er tat etwas, das er noch nie in seinem Leben getan hatte: er betete.

Als Akademiker hatte Dr. Burns es immer vorgezogen, sich auf das Greifbare und Beweisbare zu konzentrieren, hauptsächlich weil er befürchtete, an etwas anderes zu glauben könnte ihn dem Spott seiner Kollegen aussetzen. Aber jetzt, in einer Gefängniszelle sitzend, ohne die geringste Ahnung, wie er dort gelandet war, gab Dr. Burns der natürlichen menschlichen Neigung nach, sich mit dem Jenseits zu verbinden. Er betete in zusammenhanglosen Sätzen, von denen keiner viel Sinn ergab, außer einem, den er immer und immer wieder wiederholte:

Bitte, schick jemanden - irgendjemanden - um mir zu helfen.

Genau in diesem Moment flog die Tür der Polizeiwache auf, und eine Gestalt stand im Türrahmen, vom anbrechenden Morgenlicht in einen goldenen Schein gehüllt.

Mir wurde ein Engel geschickt, dachte Dr. Burns.

Stattdessen trat Annie Hudson vor, die Hände in die Hüften gestemmt und den Kopf zur Seite geneigt.

»Ist es Ihre Angewohnheit, unschuldige Männer zu verhaften, oder nur, wenn *ich* an dem Fall arbeite?«, fragte sie Sheriff Chomski mit einem humorvollen Glitzern in den Augen. Hinter ihr erkannte Dr. Burns Agent Ethan Beckett, den Mann, der immer an ihrer Seite war.

»Nun, Annie«, Sheriff Chomski hob die Hände, stand von seinem Schreibtisch auf, als ob er befürchtete, sie könnte versuchen, ihn zur Rechenschaft zu ziehen. »Wir haben stichhaltige Beweise. Mehr als ein Dutzend Augenzeugenberichte sahen Dr. Burns in der Nacht, als Paul getötet wurde, das Grundstück verlassen.«

»Interessant«, nickte Annie. »Ich nehme an, sie sind nicht zufällig alle Mitglieder der Telefonkette?«

Sheriff Chomski seufzte. »Annie. Sunray ist ein kleiner Ort. Jeder ist Mitglied der Telefonkette.«

Eine Stimme meldete sich vom zweiten Schreibtisch in der Polizeistation. Es war Sheriff Chomskis Tochter, Stacey, die eine Kaffeetasse hielt und in ihrem Bürostuhl saß. »Dad«, sagte sie und erlangte sofort die Aufmerksamkeit ihres Vaters. »Milo sagt, sie sind die Besten. Wenn Annie nicht glaubt, dass Dr. Burns Paul getötet hat, sollten wir auf sie hören. Ich will, dass das hier genauso schnell vorbei ist wie du«, sie stand auf und berührte den Arm ihres Vaters. »Ich weiß, es ist stressig. Aber wir können nicht zulassen, dass ein unschuldiger Mann für etwas bestraft wird, das er nicht getan hat, nur weil es für uns einfacher ist.«

Sheriff Chomski sah seine Tochter an, als wäre sie gerade

noch einmal geboren worden. Kinder waren so - immer veränderten sie sich auf Arten, die man nicht kommen sah. Widerspenstig, wie Blumen, die sich entscheiden, am Gartenzaun zu wachsen, statt an der vom sorgfältigen Gärtner platzierten Rankhilfe. Der flehende Blick in ihren Augen war einer, den er schon oft gesehen hatte - einer, den man unmöglich ignorieren konnte.

»Wir werden ihn für achtundvierzig Stunden auf sein eigenes Ehrenwort freilassen«, seufzte der Sheriff und legte seine Hände an die Gürtelschlaufen, um zu zeigen, dass er es ernst meinte. Stacey klatschte in die Hände und warf ihre Arme um die Schultern ihres Vaters. »Aber ich will ihn zurück, bevor die Zeit abgelaufen ist«, sagte der Sheriff zu Annie und Ethan. »Und wenn ihr mir bis dahin keinen neuen Verdächtigen präsentiert habt, nun ja-«

»Ich glaube, wir können den Fall bis dahin lösen«, nickte Annie fröhlich. »Wir müssen nur noch ein paar lose Enden verknüpfen.«

»Tatsächlich?«, fragte Ethan überrascht. Er hatte keine Ahnung gehabt, dass Annie kurz davor war, den Fall zu lösen. Aber so arbeitete Annie eben - in einem Silo, ihr genialer Verstand sortierte Fakten, um relevante Wahrheiten zu finden.

»Ja«, bestätigte Annie. »Stacey? Möchtest du die Ehre haben?«

Stacey nahm den Schlüssel von der Gürtelschlaufe ihres Vaters und näherte sich der einzigen Gefängniszelle in ganz Sunray. Dr. Burns blinzelte erneut, unfähig zu glauben, dass seine Gebete erhört worden waren, wenn auch nicht ganz auf die Art, die er erwartet hatte. Es gab ein klirrendes Geräusch, als Stacey die Zelle aufschloss und Dr. Burns' Handschellen entfernte, während ihr Vater in der Nähe stand, die Arme in einer wachsamen, imposanten Haltung verschränkt.

Dr. Burns stand auf und trat aus der Zelle als veränderter Mann. Sein Gebet war erhört worden, und er hatte eine neue

Chance im Leben bekommen. Sein Schutzengel für den Tag - Privatdetektivin Annie Hudson - legte ihm eine wohlmeinende Hand auf die Schulter. »Keine Sorge«, sagte sie zu ihm. »Wir werden das in Ordnung bringen. In der Zwischenzeit ... sieht es so aus, als könnten Sie einen Cheeseburger gebrauchen.«

KAPITEL ACHTUNDZWANZIG

NACHDEM SIE DEM armen Dr. Burns einen Cheeseburger spendiert und ihn ein letztes Mal befragt hatten, machten sich Annie und Ethan auf den Weg, um das zu erledigen, was Annie als »lose Enden« bezeichnete. Sie hatten von Dr. Burns keine besonders aufregenden neuen Informationen erfahren, außer dass er jetzt ein gläubiger Mensch war und darüber nachdachte, die Akademie zu verlassen, um der Kirche beizutreten. Nun, während ihr Mietwagen über eine Schotterstraße in Richtung Sophia Barnaks Farm raste, konnte Ethan nicht anders, als zu lächeln.

»Sieht so aus, als würde Dr. Burns eine Gruppe gegen eine andere eintauschen«, sagte Ethan. »Erst war er in der Religion der Akademie, die er als unfehlbar ansah. Jetzt wechselt er zur tatsächlichen Religion.«

»Worauf willst du hinaus?«, fragte Annie, ihren Arm auf den Rand des offenen Fensters gestützt, während die Welt in einem Wirbel aus Grün und Braun an ihnen vorbeizog.

»Ich denke nur, wenn er das kann, kann ich es auch«, zuckte Ethan mit den Schultern. »Wenn Milo uns sagt, dass der Real Estate Ripper mit einer Behörde in Verbindung steht, und ich beschließe, dass ich aus Prinzip das FBI verlassen muss, bin ich in der Lage, mit etwas anderem neu anzufangen.«

»Du bist zu allem fähig«, sagte Annie und legte ihre Hand auf sein Knie. Das einzig Gute, das aus ihrer traumatischen Vergangenheit hervorgegangen war, war ihre Beziehung zu Ethan. Annie hatte sich der Verbindung zunächst widersetzt, aber jetzt wusste sie, dass er immer dazu bestimmt war, ihr Silberstreif am Horizont zu sein. Und sie war es leid, vor der Vergangenheit davonzulaufen. »*Wir* sind zu allem fähig«, fügte sie hinzu. »Wenn wir unsere eigene Vigilanten-Behörde gründen müssen, anfangs nur wir beide, dann werden wir das tun.«

Ethan zwinkerte ihr zu. »Ich mag deine Denkweise.«

Das Auto hielt vor der vertrauten Fassade von Sophia Barnaks Farm. Annie und Ethan stiegen aus und betraten das Land mit einem erneuerten Gefühl für Gerechtigkeit. Annie war kurz davor, den Fall zu lösen, und sie konnte die Antworten förmlich in der Luft riechen. Sie musste nur noch ihren Verdacht mit einer Tatsache bestätigen.

»Lass uns hinten auf der Farm anfangen«, sagte sie und bedeutete Ethan, ihr zu dem am weitesten von der Sicht entfernten Bereich der Farm zu folgen, bis sie am Rand des trostlosen Sumpfes ankamen. Als sie die Stelle erreichten, war sie frisch gepflügt, ein kleiner brauner Zaun, der noch vor Tagen dort gestanden hatte, war entfernt worden, als hätte es ihn nie gegeben. Annie lächelte und bückte sich, um den Boden zu berühren.

»Erinnerst du dich, was hier war, als wir die Farm zum ersten Mal gesehen haben?«, fragte sie Ethan.

»Nein«, zuckte Ethan mit den Schultern. »Aber ich weiß, dass du es weißt.«

»Hanfpflanzen«, sagte Annie. »Ich habe es niemandem erzählt, weil ich weiß, dass es in Virginia illegal ist, Cannabis anzubauen. Sie waren hier hinten versteckt, um sie möglichst aus dem Blickfeld zu halten. Ich hoffte, die

Antworten würden sich irgendwann zeigen, und das haben sie.«

»Gladys«, nickte Ethan. »Darauf hätte ich nicht gewettet.«

»Sie hat versucht, die Beweise zu vernichten«, stimmte Annie zu. »Aber sie ist zu spät dran. Es gibt nur noch eine Sache, die wir tun müssen, bevor wir den Fall abschließen.«

»Und was?«, fragte Ethan.

»Ich möchte mit dem Paar sprechen, das das Land von der Familie gepachtet hat, bevor sie sich entschieden haben, es zu verkaufen.«

»Wir werden Milo darauf ansetzen«, stimmte Ethan zu.

KAPITEL NEUNUNDZWANZIG

STUNDEN später saßen Annie und Ethan in einem Apartment direkt am Meer in der Chesapeake Bay in Virginia, in der Nähe der Marinewerft. Milo hatte die Kontaktdaten des Geschwisterpaares besorgt, das die Immobilie gemietet hatte, bevor die Familie beschloss, sie zu verkaufen, und die Geschwister waren mehr als glücklich, einem kurzen Treffen zuzustimmen.

Ethan stand an einer Paar Glasschiebetüren, die zum Balkon mit Meerblick führten, und schaute auf die Bucht hinaus. »Es ist schön, dass der Ozean so nahe bei Sunray ist«, sagte Ethan, mehr zu sich selbst als zu jemand anderem. »Wenn ich an eine Farm denke, gehe ich nie davon aus, dass sie am Wasser liegt.«

»Wir versuchen, Ethan zu einem ruhigeren Leben zu überreden«, lächelte Annie vom Sofa aus und nahm einen Schluck aus ihrem Wasserglas. Ihr gegenüber saß Melissa Davies, eine Hälfte des Geschwisterpaares, das die Farm gekauft hatte. Neben ihr saß ihr Bruder Joshua Davies, und Annie konnte nicht anders, als darüber zu staunen, wie ähnlich die beiden aussahen. Melissa war Ende fünfzig mit rabenschwarzen Haaren und großen Augen. Ihr älterer Bruder war kahlköpfig, aber die wenigen Haare, die ihm geblieben waren, verrieten Annie, dass sie die gleiche Farbe hatten.

»Sunray ist auf jeden Fall ruhiger«, meldete sich Melissa zu Wort. »Zumindest bis jetzt, mit dieser ganzen Mordgeschichte. Wir beide sind dort aufgewachsen und sind eine Zeit lang weggezogen, um an anderen Orten zu leben. Dann ließ sich Joshua scheiden -« sie nickte zu ihrem Bruder, der die Lippen zusammenpresste, als wünschte er, sie hätte nicht so viel über ihn preisgegeben. »Und ich wurde entlassen. Also sind wir nach Hause zurückgekehrt und haben versucht herauszufinden, ob jemand Hilfe brauchte, während wir beide wieder auf die Beine kamen und Geld sparten. Sophia Barnaks Farm zu betreiben, war ein Geschenk des Himmels für uns beide. Jetzt geht es uns besser. Wir haben dieses Apartment und etwas Geld gespart.«

»Ich habe einen Job auf einer Ölplattform angenommen«, bot Joshua an. »Also bin ich die Hälfte des Jahres unterwegs. Das hilft, dass ich nicht zu oft da bin, um meine Schwester verrückt zu machen.«

»Als Sie die Farm betrieben haben, ist Ihnen da etwas Seltsames an Paul aufgefallen? Er war zu der Zeit Ihr Nachbar, richtig?«

Die Geschwister tauschten einen Blick aus. Melissa beugte sich vor. »Hören Sie, das Problem mit Paul ist, dass er eine regelrechte Plage ist. Niemand wird Ihnen das so sagen, weil die Leute in Sunray ihre Probleme gerne für sich behalten, besonders wenn es um Außenstehende geht. Aber jetzt, wo wir weg sind, können wir wohl sagen, was wir wollen. Stimmt's, Josh?«

»Verdammt richtig«, seufzte Joshua und stellte seine Tasse ab. »Die Leute tun so, als wäre Paul eine Säule der Gemeinschaft, nur weil er etwas ehrenamtlich gearbeitet hat und ein toller Nachbar ist. Bereit, jedem bei allem zu helfen. Außer wenn er trinkt, in diesem Fall – nun, ich möchte nicht seine Frau Karen sein.«

»Haben Sie Streitigkeiten zwischen den beiden gesehen?«, fragte Annie.

»Sicher, wir haben sogar ein paar geschlichtet«, nickte Joshua. »Wir haben damals in der Ecke des Ladens geschlafen, also haben wir alles mitbekommen. Wir haben an Karens Tür geklopft, aber sie hat nie Hilfe angenommen. Paul hatte auch Schlägereien in der Stadt. Nie mit einem Einheimischen – dafür war er zu schlau. Er wusste, dass die Gemeinschaft eingreifen würde. Aber jeder Durchreisende konnte damit rechnen, auf der falschen Seite von Paul zu landen, wenn sie sich über den Weg liefen.«

»Und, das mag ein heikles Thema sein…«, sagte Annie und rutschte unbehaglich auf ihrem Sitz hin und her, »Aber – haben Sie jemandem erlaubt, Cannabispflanzen auf dem Grundstück anzubauen?«

Die Geschwister sahen aus, als wären sie bei einer kriminellen Handlung ertappt worden, ihre ohnehin schon großen Augen wurden noch größer. Ethan setzte sich auf das Sofa und nahm eine beruhigende Haltung ein. »Das ist alles inoffiziell. Wir kümmern uns nur um die Aufklärung des Mordes. Die Grasplantage ist jetzt weg, also was kümmert uns das?«

»Sie sagten, Sie sind vom FBI?«, fragte Joshua misstrauisch.

»Das stimmt«, gab Ethan zu. »Aber ich frage mich langsam, was das überhaupt bedeutet.« Es entstand eine Pause, während er nachdachte. »Mir ist die Wahrheit wichtiger als alles andere.«

»Wir haben Gladys einen Teil der Farm vermietet, damit sie ihre Pflanzen anbauen konnte«, sagte Melissa und platzte mit den Worten heraus, als hätte sie sie zu lange zurückgehalten und könnte es kaum erwarten, sie loszuwerden. »Wir durften eigentlich nicht untervermieten und haben der Familie im Westen nichts davon erzählt. Aber wir brauchten zusätzliches Geld, und Gladys brauchte einen Ort, um ihr Produkt anzubauen, der ihr eine plausible Abstreitbarkeit gab, falls sie erwischt würde.« Ein wehmütiger Ausdruck erschien auf Melissas Gesicht. »Und ihre Brownies waren so gut. Haben Sie sie probiert?« Annie und Ethan schüttelten den Kopf. »Sie nehmen einem die Schärfe von allem, was man durchmacht, und verdammt, wir machten beide etwas durch.«

»Und was ist mit dem Schatz?«, fragte Annie und kam direkt auf den Punkt. »Haben Sie jemals etwas auf dem Grundstück gefunden?«

»Nö«, sagte Joshua. »Aber Paul glaubte, dass er echt war. Sobald wir weg waren und die Familie ihn engagiert hatte, um den Ort teilweise zu beaufsichtigen, war er Feuer und Flamme, diesen Schatz zu suchen. Dummer Narr.«

»Danke«, sagte Annie und stand auf. Sie hatte alle Informationen erhalten, die sie brauchte, und war gespannt darauf, den Fall zu seinem Abschluss zu bringen. »Sie haben einen unschuldigen Mann sehr glücklich gemacht.«

»Werden Sie uns sagen, wer es war?«, fragte Melissa mit einem Funkeln in den Augen. »Ehrlich gesagt vermissen wir den lokalen Klatsch. Wir bekommen Updates in der Gruppen-Textnachricht, aber das ist nicht dasselbe. Das wird uns wochenlang Gesprächsstoff geben.«

»Darauf können Sie sich verlassen«, lächelte Annie ihr zu.

KAPITEL DREISSIG

KAREN

Karen war noch nie in einem Privatflugzeug gewesen. Diese Tatsache wurde ihr bewusst, als sie auf dem Rollfeld des Chesapeake Regional Airport stand und ihre Schuhe am Asphalt klebten. Sie starrte auf das kleine Privatflugzeug, das vor ihr geparkt war und dessen Flügel sich wie die Gliedmaßen eines Insekts zu den Seiten streckten. Karen war nicht nur noch nie in einem Privatflugzeug geflogen, sie war überhaupt kaum geflogen. Sie konnte sich an zwei Mal in ihrem Leben erinnern, bei denen sie in der Luft gewesen war. Einmal war sie eine Stunde geflogen, um eine Cousine im Norden zu besuchen. Das andere Mal war sie in New York gewesen, um ein Theaterstück zu sehen. Beide Male hatte sie vor dem Start einen kräftigen Drink zu sich genommen und den ganzen Flug über die Sitzlehne umklammert. Jetzt war sie im Begriff, für viele Stunden in eine kleine, metallene Todesfalle zu steigen. Sie fragte sich, ob Privatflugzeuge genauso sicher waren wie Linienflüge. Sie ging davon aus, dass sie es nicht waren, da kommerzielle Flüge den höchsten Sicherheitsstandards unterlagen und von Aufsichtsbehörden kontrolliert wurden.

»Er lässt gerade die Motoren an«, sagte Riggs, der neben ihr auftauchte. Er war drinnen gewesen und hatte mit dem Piloten gesprochen, den sie gechartert hatten. »Er sagt, wir können jederzeit an Bord gehen.«

»Wo haben Sie diesen Kerl nochmal gefunden?«, fragte Karen und versuchte, lässig zu klingen angesichts der Vorstellung, alles hinter sich zu lassen, was sie je gekannt hatte.

»Hab ihn über eine App angeheuert«, zuckte Riggs mit den Schultern, als ob die Art der Anstellung völlig belanglos wäre. »Das ist nur ein Regionalflieger. Lass uns unsere Ärsche aus Virginia rauskriegen. Er wird uns in Florida absetzen, und dann können wir einen Anschlussflug aus den Staaten nehmen.«

Karen umklammerte den Griff ihres Koffers etwas fester. Ihre Handflächen schwitzten plötzlich, und ihr wurde etwas schwindelig. »Und, ähm«, fragte sie und versuchte, sich die Details ihres Plans ins Gedächtnis zu rufen. »Sobald wir die Vereinigten Staaten verlassen haben, gehen wir... wohin?«

»Wohin du willst!«, rief Riggs aus und warf die Hände in die Luft. »London, Frankreich, Italien... Ich muss vielleicht in Brasilien einen Zwischenstopp einlegen, bevor wir an unserem Zielort ankommen. Ich kenne da einen Typen, der uns gefälschte Ausweise besorgen kann. Er hat mir geholfen, eine falsche Genehmigung zu bekommen, um Schätze vor der Küste Montenegros zu bergen, und ich sage dir, der Kerl ist gut.«

»*Montenegro*?«, hauchte Karen das Wort wie einen Seufzer aus. Ihr wurde klar, dass sie keine Ahnung hatte, wo Montenegro lag. War es ein Land? Oder eine Stadt? Tatsächlich kannte sich Karen überhaupt nicht mit Europa aus. Sie hatte zwar im Rahmen ihres Kunstgeschichtsstudiums europäische Kunst studiert, aber das war alles abstrakt gewesen. Sie hatte sich auf Fotos und Google-Suchen verlassen. Nie war sie tatsächlich dorthin gereist, um die Dinge persönlich zu sehen. Die Idee klang aufregend, aber vielleicht eher mit einem Reiseführer und einem offiziell genehmigten Besuch.

Sie starrte Riggs an und wurde sich bewusst, dass sie ihn, so sehr sie seine Gesellschaft auch genossen hatte, nicht wirklich *kannte*. Er sprach über gefälschte Dokumente, als wäre ihre Beschaffung nichts weiter als eine kleine Unannehmlichkeit. Ein geringfügiges Hindernis, das es zu überwinden galt, und nicht ein internationales Verbrechen.

Das Problem war, Karen liebte Riggs. Das tat sie wirklich. Aber sie wünschte sich, dass alles auf die richtige Art und Weise geschehen würde.

In diesem Moment - auf dem klebrigen Rollfeld, wo sie sich völlig allein auf der Welt fühlte - tat Karen etwas, was sie schon lange nicht mehr getan hatte.

Sie betete.

Sie bat Gott, sie zur richtigen Zeit am richtigen Ort zu platzieren und irgendwie alles zum Guten zu wenden. Sie bat die Schöpfung selbst, ihr zu sagen, welchen Weg sie einschlagen sollte, und die Entscheidung für sie zu treffen, denn sie hatte keine Ahnung, was sie tun sollte, und ihr Koffer war plötzlich sehr schwer. Wenn sie sich weigerte, in dieses Flugzeug zu steigen, könnte sie den einzigen Mann verlieren, den sie je wirklich geliebt hatte. Aber wenn sie mit Riggs ging, würde sie dazu verurteilt sein, ein Leben zu führen, das vielleicht... *zu* aufregend war. Zu gefährlich.

In diesem Moment - ganz ähnlich wie Dr. Burns es in seiner kleinen Gefängniszelle getan hatte - betete Karen und übergab ihre Zukunft demjenigen, der sie erschaffen hatte, im Vertrauen auf die göttliche Ordnung der Dinge. Sie flehte Gott an, die Entscheidung für sie zu treffen. Wenn sie nicht gehen sollte, möge das Flugzeug nicht abheben. Wenn sie *gehen* sollte, bat sie Gott, sie vorwärts zu bewegen, wenn ihre eigenen Beine nicht gehorchen wollten.

»Bereit?«, fragte Riggs sie mit einem breiten Lächeln im Gesicht. Er erinnerte Karen an einen kleinen Hund, enthusiastisch und eifrig. Er meinte es nicht böse. Er stürzte sich einfach in die Abenteuer des Lebens, und es kam ihm nie in den Sinn, dass Karen damit zu kämpfen haben könnte, dasselbe zu tun.

»Ich-«, Karen begann zu antworten, aber in diesem Moment wurden ihre Gebete erhört.

»Hände hoch!«, erscholl ein Ruf hinter ihnen. Karen wirbelte herum und war überrascht, einen Schutzengel zu sehen:

Annie Hudson.

Ihre Hände waren in den Taschen, Agent Ethan Beckett an ihrer Seite. Auf ihrer anderen Seite stand Sheriff Chomski, die Waffe gezogen.

»Sheriff Chomski?«, sagte Karen, überzeugt, dass sie träumen musste. Der Mann, den sie seit dem Kindergarten kannte, legte Riggs Handschellen an.

»Tut mir leid, Karen«, sagte er. Damit zog er ihre eigenen Hände hinter ihren Rücken und fesselte ihre Handgelenke. »Es ist nur - Sie könnten versuchen wegzulaufen. Und wir müssen alle an einem Ort haben, um es zu erklären.«

»Was zu erklären?«, fragte Karen, die die Mordermittlung völlig vergessen hatte. Im Moment war sie einfach nur erleichtert, dass sie nicht in dieses Flugzeug steigen musste.

»Pauls Mord«, sagte der Sheriff und hob überrascht die Augenbrauen. »Sie hat ihn gelöst. Annie hat ihn gelöst.«

Karen warf Annie einen Seitenblick zu, die sie ohne böse Absicht anlächelte. Karen biss sich auf die Zunge und widerstand dem Drang zu sagen: *Oh, ist das alles?*

Sie ließ zu, dass Sheriff Chomski sie auf den Rücksitz seines Streifenwagens führte, erleichtert darüber, dass - egal was von nun an geschehen würde - ihr Gebet erhört worden war und sie nie, nie wieder in dieses kleine Flugzeug steigen würde.

KAPITEL EINUNDDREISSIG

ALS DIE GRUPPE sich auf Sophia Barnaks Bauernhof versammelt hatte, war es Mittag, und die Sonne strahlte mit gewaltiger Kraft auf die Menge herab. Ethan konnte nicht umhin zu denken, dass die Hitze ihn an Annie und ihre Intensität erinnerte - die sengende Klarheit ihrer Vision, die sie alle in diesem Moment zusammengebracht hatte. Mindestens hundert Menschen hatten sich vor dem Eckladen versammelt und schirmten ihre Augen vor dem schwülen Tag ab, die Baseballkappen tief ins Gesicht gezogen. Es schien, als hätte sich die gesamte Stadt Sunray entschieden, an den heutigen Festlichkeiten teilzunehmen.

»Ich bin sicher, ihr fragt euch alle, warum wir euch hierher gebracht haben«, rief Annie der Menge zu. Sie stand vor dem Eckladen auf einem herumliegenden Eimer, um für alle sichtbar zu sein.

»Du wirst uns erzählen, wie Paul gestorben ist!«, rief eine Stimme vom hinteren Ende der Menge.

»Genau richtig!«, stimmte Annie zu. »Außer natürlich, dass die meisten von euch bereits wissen, wie Paul gestorben ist, weil ihr das Büro des Sheriffs angerufen und behauptet habt, ihr hättet Dr. Burns unmittelbar nach dem Mord aus dem Eckladen kommen sehen. Stimmt's?«

Gemurmel verbreitete sich in der Menge. Die Welle des Geflüsters, als hätte Annie die Menge in Unterwäsche durchquert, indem sie das Unaussprechliche erwähnte.

»In diesem Fall hättet ihr keinen Grund, hier zu sein, da ihr die Wahrheit bereits kennt. Und doch seid ihr alle hier - die Leute, die Dr. Burns den Bauernhof verlassen sahen, begierig darauf zu hören, wer den Mord begangen hat. Seltsam...«

Neben Annie verdrehte Gladys die Augen. Sie wünschte, sie könnte die Dümmsten ihrer Mitmenschen kontrollieren, aber leider hatte nicht jeder einen so scharfen Verstand wie sie. Neben Gladys stand die gesamte Gruppe der potenziellen Verdächtigen: Veronica, schwitzend in einem der lächerlichen Arbeitsblazer, auf die sie bestand, obwohl sie an diesem Tag keine einzige Immobilie zeigte. Neben Veronica stand Dr. Burns, immer noch in seinem gestreiften Schlafanzug, der in den schlecht sitzenden Kleidern ebenso lächerlich aussah, seine strahlend weißen Knöchel für alle sichtbar. Neben Dr. Burns stand Karen mit verschränkten Armen, und neben Karen stand Riggs in ähnlicher Haltung, seine Augen schweiften über die Landschaft, als suche er einen Weg, durch den er fliehen könnte. Schließlich standen am Ende der Reihe Agent Ethan Beckett und Sheriff Chomski, beide hielten eine Hand an ihrer Waffe, bereit, jeden Verdächtigen zu verfolgen, der versuchte, die Situation zu verlassen.

»Nun, da wir *das* geklärt haben«, fuhr Annie fort, »lasst uns darüber sprechen, wie Paul Kaminski tatsächlich ermordet worden sein könnte. Es ist klar, dass die Dutzenden von Anrufen aus der Gemeinde, die behaupteten, Dr. Burns sei in jener Nacht im Eckladen gewesen, in böser Absicht getätigt wurden. Tatsächlich ist es fast so, als hätte jemand den Telefonbaum aktiviert und seine Mitglieder gebeten, eine falsche Geschichte zu melden. Stimmt das nicht, Gladys?«

»Ich kann mich zur Aktivierung des Telefonbaums nicht äußern, da er nur für Mitglieder von Sunray und nicht für *Außenseiter* existiert«, antwortete Gladys schnippisch.

Annie nickte, zufrieden, fast als hätte sie auf eine so widerspenstige Antwort gehofft. »Ich verstehe das natürlich«, fuhr Annie fort. »Während es falsch ist, dass Dr. Burns den Mord begangen hat, waren die Anrufer tatsächlich einer Sache auf der Spur. Sehen Sie, während Dr. Burns nicht der Mörder ist, war er in der Tat in einige illegale Aktivitäten verwickelt.« Sie wandte sich Dr. Burns zu, mit einem ermutigenden Blick. »Möchten Sie der Gruppe mitteilen, was Sie getan haben?«

»Ich habe Geld angenommen, um Sunray zu untersuchen«, gestand Dr. Burns. »Ein Einwohner hier hat mich beauftragt zu beweisen, dass Sophia Barnaks Bauernhof und Eckladen historischen Wert haben. Ihr habt hier eine einzigartige Geschichte, da dieses Gebiet eine der ersten und umfangreichsten polnischen Einwanderersiedlungen in den Vereinigten Staaten ist. Da Sophia Barnak zusammen mit ihrem Mann Frank eine der wichtigsten Gründerinnen war, hat das Land einen besonderen historischen Reiz. Sie leistete einen wichtigen Dienst, indem sie den Eckladen führte, und war nach Franks Tod eine der ersten weiblichen Geschäftsinhaberinnen im Landkreis.« Dr. Burns schien für einen Moment aufzublühen, und plötzlich wurde sehr deutlich, dass er ein Professor war. »Wusstet ihr, dass Sophias Schwiegermutter, Mary Barnak, eine der ersten Polen war, die in Sunray ankam? Sie kam mit nur hundert Dollar in der Tasche hierher und gründete das, was später zu Sunray werden sollte...«

»Auch wenn ich sicher bin, dass die Menge sehr interessiert ist«, unterbrach Annie ihn, »vielleicht könnten wir das für ein Buch aufheben, das Sie in Zukunft schreiben werden?«

»Natürlich, natürlich«, stimmte Dr. Burns zu, ein wenig

verlegen darüber, wie aufgeregt er geworden war, seine Liebe zur Geschichte zu teilen.

»Können Sie der Menge sagen, *warum* die Person, die Sie beauftragt hat, wollte, dass Sie den historischen Status dieses Bauernhofs beweisen?«

»Die Person, die mich beauftragt hat, wollte, dass ich Sophia Barnaks Bauernhof und Eckladen in die historische Gesellschaft aufnehmen lasse, damit ein Verkauf schwieriger würde«, antwortete Dr. Burns.

»Ja«, stimmte Annie zu. »Diese Person wollte sicherstellen, dass das Land durch seinen historischen Status für eine Entwicklung nicht in Frage käme. Denn, sehen Sie«, Annie wandte sich der Menge zu, als wäre sie eine Zauberin, die im Begriff war, das Geheimnis ihres Tricks zu enthüllen, »sobald ein Gebäude durch die Historische Gesellschaft zum Wahrzeichen erklärt wird, ist es verboten, dieses Gebäude abzureißen oder zu zerstören. Ein solcher Status würde Sophia Barnaks Bauernhof und Eckladen für potenzielle Käufer... einschließlich Entwickler, weniger attraktiv machen.«

Annie entging Veronicas überraschter Blick nicht. Es war, als würde sie etwas zusammensetzen, mit einem Hauch von Verrat in ihren Augen.

»Und wer hat Sie beauftragt?«, fragte Annie Dr. Burns.

»Gladys«, zuckte Dr. Burns mit den Schultern.

Die Menge keuchte auf, Geflüster machte sich in der Gruppe breit.

»Quatsch«, sagte Gladys. »Wer würde ihm glauben? Er ist nicht einer von uns. Wir können kein Wort glauben, das er sagt.«

»Vielleicht können wir dem vertrauen, was wir über Gladys wissen«, fuhr Annie fort, erfreut darüber, dass Gladys ihr half, ihren Punkt zu machen. »Wir wissen, dass Gladys Sunray liebt. Sie hat Zugang zum Telefonbaum und ist eine Führungspersönlichkeit in der Gemeinde. Wir wissen auch, dass Gladys die weltbesten Brownies macht.«

Eine Stille legte sich über die Menge. Es schien, als wäre der Subtext von Annies Kommentar der Gruppe nicht entgangen. Basierend auf der Reaktion der Menge hatten viele Einwohner von Sunray Gladys' Produkte genossen.

»Für die Brownies brauchte es eine spezielle Zutat, die Gladys nicht auf ihrem eigenen Bauernhof anbauen konnte, aus Angst, verdächtigt zu werden. Gladys, stimmt es nicht, dass Sie ein Stück Land am hinteren Ende von Sophia Barnaks Bauernhof in der Nähe des trostlosen Sumpfes nutzten, um Ihre Cannabispflanzen anzubauen, die Sie in verschiedenen Backwaren, Seifen und Lotionen verkauften?«

»Darauf werde ich ohne Anwalt nicht antworten«, erwiderte Gladys.

»Ungeachtet dessen bin ich mir sicher, dass viele hier bereit wären, die Wahrheit über Ihre Aktivitäten zu bezeugen«, fuhr Annie fort. »Um auf das zurückzukommen, was wir wissen: Wir können ziemlich sicher sein, dass Gladys Dr. Burns beauftragt hat, den Sophia Barnak Kramerladen und die Farm zu erforschen, um die notwendigen Beweise zu sammeln, damit das Grundstück in die historische Gesellschaft aufgenommen werden kann. Ihre Motivation dafür war, den Verkauf an einen Bauträger zu verhindern. Ein laufendes Geschäft, von dem sie dank der Immobilienmaklerin des Projekts, Veronica, gewusst hätte.«

Annie wandte sich Veronica zu, deren Augen weit aufgerissen waren. Sie sah aus, als würde sie gleich weinen. Sie blickte Gladys verräterisch an.

»Ich habe dir gesagt, dass ich mich an Bauträger wende! Wie konntest du nur?«

»Jetzt hör mal«, Gladys hob ihre Hände. »Ich weiß, du hast große Träume für Sunray, aber ich habe *dir* gesagt, dass dieser Ort in den Händen von Menschen bleiben sollte, die wissen, was es bedeutet, ein Einheimischer zu sein. Ihr Jungen wollt immer Dinge ändern, die man am besten in Ruhe lässt-«

»Aber das war nicht der einzige Grund, warum du den Verkauf verhindern wolltest, oder Gladys?«, fragte Annie unschuldig. »Du wolltest deinen Cannabispflanzen mehr Zeit zum Sprießen geben. Du hattest dich daran gewöhnt, das Land kostenlos zu nutzen, und brauchtest Zeit, um einen neuen Plan zu schmieden.« Annie ließ ihren Blick über die Reihe der Verdächtigen schweifen und überlegte ihren nächsten Zug. Sie hielt inne, als ihr Blick auf Karen fiel, die neben Riggs stand. »Und Gladys war nicht die Einzige, die Pläne schmiedete. Stimmt's, Karen?«

»Ich schätze, jetzt sind wir aufgeflogen, nicht wahr?«, Karen wandte sich an Riggs, Bedauern in ihren Augen. »Es gibt kein Entkommen mehr.« Sie drehte sich zurück zu Annie, ihre Haltung wie die eines Fuchses, der in den Zähnen eines Kojoten gefangen ist - schlaff und ergeben. »Riggs und ich planten, Sunray zu verlassen. Wir haben eine Affäre.«

Die bisher empörtesten Keucher gingen durch die Menge. Die Vorstellung von Mord und Gras war eine Sache, aber eine Affäre war wirklich saftiger Klatsch.

»Woher wusstest du von uns?«, fragte Karen Annie.

»Der Becher, den du auf deiner Theke hattest. Das war überhaupt kein Becher. Es war eine zeremonielle Schale der Ureinwohner Amerikas. Ein ziemlich beeindruckender Fund, in ausgezeichnetem Zustand. Er gehört eigentlich in ein Museum, aber da er auf deiner Küchentheke stand, wurde er dir wahrscheinlich von einem skrupellosen Händler geschenkt. Vielleicht einem, der mit Reiseverbot belegt wurde und nun nach Artefakten in den Vereinigten Staaten sucht.«

»Es stimmt«, gab Riggs zu. »Ich habe es ihr geschenkt. Und ich würde es tausendmal wieder tun.« Seine Augen brannten, als er Karen ansah. »Dieser Arsch hat sie nicht verdient. Paul wusste nicht, was er hatte-«

»Ah ja, und das bringt uns zu Paul. Der Mann selbst war ziemlich chaotisch, oder? Ihr habt mir alle erzählt, er sei eine Säule der Gemeinschaft gewesen, aber das war kaum die

Wahrheit, oder? Die Polizeiberichte zeigten etwas anderes. Es scheint, Paul war in mehrere Auseinandersetzungen verwickelt, darunter häusliche Streitigkeiten mit Karen und eine Schlägerei mit Riggs in einer örtlichen Spelunke. All das geschah neben vielen anderen Verstößen. Seltsamerweise mussten wir einen Freund die Wahrheit ausgraben lassen, da die Aufzeichnungen von Pauls Ausbrüchen vergraben worden waren.«

Annie blickte zu Sheriff Chomski, der hustete, um seinen Hals zu räuspern. »Nun, unsere Buchführung ist in diesen Gegenden nicht besonders gut-«

»Schon gut, Sheriff, Sie müssen mich nicht decken«, sagte Karen. »Ich habe ihn darum gebeten. Ich wollte nicht, dass ihr denkt, Riggs hätte Paul getötet, und ich wollte nicht, dass die Nachricht von dem, was er mir angetan hat, an die Öffentlichkeit kommt.« Sie blickte in die Menge. »Ihr alle wusstet, dass er ein Schurke war, aber was ihr nicht wusstet, ist, dass er zu Hause am schlimmsten war.«

Die Menge verstummte. Diese Nachricht war unwillkommen, aber nicht überraschend.

»Also war Paul *kein* so angesehenes Mitglied der Gemeinschaft«, stimmte Annie zu. »Und als er starb, warst du froh, ihn los zu sein. Du hattest bereits einen Liebhaber nebenbei, und Pauls Ermordung vereinfachte die Dinge. Nicht wahr?«

»Zum ersten Mal seit langem hatte ich das Gefühl, ich selbst sein zu können«, antwortete Karen, ihre Augen füllten sich mit Tränen. »Das Haus gehörte mir. Mein Leben gehörte *mir*. Ich war froh, dass ihn jemand getötet hat. Aber ich habe es nicht getan.«

»Nein«, stimmte Annie zu. »Du hast deinen Mann nicht getötet. Dazu kommen wir noch. Aber zuerst lasst uns über den angeblichen Schatz sprechen. Riggs, du bist nach Sunray gekommen, weil du Gerüchte über einen Schatz auf der Farm gehört hast. Du hast Ethan und mir erzählt, dass die Familie im Westen dich angeheuert hat, aber ein kurzer

Anruf bei ihnen hat mich darüber informiert, dass es eigentlich *du* warst, der *sie* aufgesucht hat. Also... muss ich fragen... wie hast du von dem angeblichen Schatz auf der Farm erfahren?«

Riggs seufzte. »Seth und ich beobachten Internet-Chatforen für Schatzsucher, auf der Suche nach allem, was uns einen Hinweis geben könnte. Paul hat in einem der Foren, die wir überwachen, um Rat gefragt. Er erklärte Sophias Behauptung, sie hätte etwas auf der Farm versteckt, und als wir ihre Abstammung und den Begriff "flüssiges Gold" zurückverfolgten, dachten wir, er könnte einer heißen Spur auf der Spur sein. Also habe ich den Hinweis aufgegriffen. Ich rief die Familie an und holte mir ihre Erlaubnis, die Suche zu übernehmen. Ich kann nicht behaupten, dass Paul darüber glücklich war.«

»Nein, das war er sicher nicht«, sagte Annie. »Da du gerade dabei warst, mit Karen ein Flugzeug zu besteigen, um das Land zu verlassen, kann ich annehmen, dass du gefunden hast, wonach du gesucht hast?«

Riggs nickte. »Flüssiges Gold«, sagte er. »Es war überhaupt kein Diamant oder Schatz. Es waren Aktien zertifikate.«

»Ja«, stimmte Annie zu. »Mir sind die Coca-Cola-Schilder an den Wänden des Ladens aufgefallen. Ich nehme an, Sophia hat früh in die Aktie investiert?«

»Das hat sie«, antwortete Riggs. »Und sie versteckte die Zertifikate hinter der Tapete im Eckladen. Sie sagte, sie hätte sie 'vergraben', weil der Druck auf der Tapete einen Berg und Bäume zeigte.«

Sheriff Chomski durchsuchte Riggs' Tasche und entnahm einen Stapel Papiere in einem Ordner, wobei er die Aktienzertifikate für Annie hochhielt, damit sie sie sehen konnte.

»Und was sind diese Aktienbestände heute wert?«

»Etwa fünfundzwanzig Millionen Dollar«, sagte Riggs, seine Stimme schwer von dem Wissen, dass er niemals einen

Cent des Geldes sehen würde. »Plus minus eine Million«, fügte er hinzu.

Die Menge keuchte auf, und es gab einige Jubelrufe von verschiedenen Bewohnern von Sunray, die dachten, dass diese Geldsumme ziemlich gut klang.

»Die Familie, die die rechtmäßigen Besitzer der Aktien sind, wird sicherlich froh sein, das zu hören!«, rief Annie aus und klatschte in die Hände. »Was für eine wunderbare Entscheidung sie getroffen haben, dich anzuheuern.«

»Beste Entscheidung«, sagte Riggs und spuckte die Worte praktisch aus.

»Sheriff Chomski, Ethan kann dafür sorgen, dass die Familie diese bekommt...« Annie deutete auf Ethan, und Sheriff Chomski übergab ihm die Aktienzertifikate wie eine scharfe Granate. Riggs stöhnte auf, als er zusah, wie die Papiere verschwanden, als ob es ihm körperliche Schmerzen bereitete, sie aus seinem Besitz zu sehen.

»Keine Sorge, Riggs«, lächelte Annie ihn an. »Ich bin sicher, du wirst trotzdem eine Auszahlung von deinem anderen Nebengeschäft bekommen. Das mit... Veronica?«

Veronica starrte Annie an, als wäre sie bei einem Verbrechen ertappt worden.

»Ich habe nicht-«

»Du hast Riggs gebeten, ganz Sunray mit seinem LIDAR-Gerät zu scannen, um Bauträgern eine Karte des Gebiets zur Verfügung zu stellen. Es war doch schon immer dein Traum, eine urbanere, gentrifizierte Gemeinde zu sehen, oder?«

»Es ist kein Verbrechen, jemanden um Radarscans zu bitten«, sagte Veronica und zupfte am Saum ihres Blazers.

»Absolut richtig!«, stimmte Annie zu. »Und ich nehme an, die interessierte Partei, die kurz davor war, ein Angebot für das Grundstück abzugeben, war ein Bauträger. Etwas, das außer dir niemand in dieser Stadt wirklich will?«

Veronica nickte.

»Dann wenden wir unsere Aufmerksamkeit wieder der

Tapete zu«, sagte Annie und ging auf und ab, während sie die Details der Untersuchung im Kopf durchging. »Riggs, als du die Aktien gefunden hast, hatte Sophia noch etwas anderes hinter der Tapete versteckt?«

»Ein paar bedeutungslose Sachen«, zuckte Riggs mit den Schultern. »Papiere aus Polen. Persönliche Dokumente. Wir haben den Rest auf einen Haufen geworfen.«

»Sah es so aus, als hätte jemand anders das Geheimnis der Tapete vor eurer Ankunft entdeckt?«

»Tatsächlich ja«, sagte Riggs überrascht. »Es gab eine Wand, an der sie bereits abgezogen worden war. Was auch immer darunter war, war weg.«

»Ja«, nickte Annie. »An unserem ersten Tag bei der Inspektion des Ladens fiel mir auf, dass sich ein Stück Tapete von der Ecke ablöste, und die Wellen in der Struktur störten mich. Wer auch immer sie abgezogen hatte, hatte sie nicht richtig wieder angebracht, und – anders als im Rest des Ladens – war die Tapete an dieser einen Wand uneben.«

Annie wandte sich Veronica zu, deren Arme zitterten. »Veronica? Möchtest du uns mehr darüber erzählen?«

»Ich wollte nur etwas Großartiges tun«, sagte Veronica mit zitternder Stimme. »Er ging auf mich los – beschuldigte mich – ich hatte Angst und alles passierte so schnell.«

»Paul hat etwas in der Tapete gefunden, nicht wahr?«

Veronica nickte. »Er hatte getrunken. Er war besessen von der Idee des Schatzes. Wir stritten darüber, weil er jede Nacht rausging und Löcher auf dem Grundstück grub. Ich versuchte, alles schön für die Besichtigungen zu halten, und er zerstörte den Ort!« In Veronicas Stimme lag ein flehender Ton, als wünschte sie verzweifelt, verstanden zu werden. »Wir waren uns wegen des Verkaufs immer uneins«, fuhr Veronica fort. »Paul hasste mich nur, weil die Familie mich eingestellt hatte, um den Ort zu verkaufen. Er sollte nur vorübergehend als Verwalter für den Hof fungieren, aber dann hat er sich so in die Idee verrannt, den Schatz zu finden.

Als dann Riggs auftauchte, wurde sein Verhalten noch schlimmer. In der Nacht, als er starb, kam ich im Laden vorbei, um nach dem Rechten zu sehen...«

»Und du hast Paul erwischt, wie er die Tapete abriss«, nickte Annie. »Was hatte er dort gefunden?«

»Er fand die Urkunde des Grundstücks, die dessen ursprüngliche Gründung mit Sophia und Frank Barnak als erste Eigentümer zeigte.«

»Dr. Burns«, sagte Annie und wandte sich an ihren Freund im Schlafanzug. »Fehlte in Ihrer Recherche etwas, das Sie daran hinderte, früher einen Antrag für die Historische Gesellschaft zu stellen?«

Dr. Burns wurde kreidebleich. »Tatsächlich ja«, stimmte er zu. »Ich sagte Gladys, dass ich einen Eigentumsnachweis brauchte. Ich habe in allen lokalen Archiven nachgesehen und konnte nichts finden, was Sophia mit der Urkunde in Verbindung brachte.«

»Und Gladys«, Annie nickte Gladys zu, die aussah, als hätte sie ein Laster überfahren. »Hast du diese Information mit Paul geteilt?«

»Ich-«, stammelte Gladys. »Oh mein Gott. Daran hatte ich bis jetzt gar nicht gedacht, aber ja, das habe ich. Paul und ich wollten beide den Verkauf verhindern. Er wegen des Schatzes, ich wegen meiner... *Ernte*.« Sie starrte Veronica an, Entsetzen zeichnete sich auf ihrem Gesicht ab. »Ich hatte keine Ahnung, dass er es an dir auslassen würde, Schätzchen. Wenn ich das gewusst hätte, hätte ich nie etwas gesagt-«

»Aber er *hat* es an dir ausgelassen, nicht wahr, Veronica?«, fragte Annie. »Du kamst in dieser Nacht im Laden an und fandest einen betrunkenen, aufgebrachten Paul vor, der dir die Urkunde ins Gesicht wedelte.«

»Er war so wütend«, antwortete Veronica, ihr Gesicht nass und gerötet von der Erinnerung an jene Nacht. »Er ging auf mich los und fing an zu schreien, dass ich diesen Ort nicht verkaufen würde. Er sagte, er hätte alles, was er braucht.

Dann warf er ein Glas nach mir. Er kippte eines der Regale um. Er packte mich an den Haaren und warf mich zu Boden und – ich weiß nicht, was passiert ist – ich – ich verlor die Kontrolle.«

»Dein Instinkt, dich zu schützen, setzte ein«, sagte Annie.

»Ich habe ihn getötet«, gestand Veronica schluchzend. »Ich wollte es nicht, wirklich. Ich griff nach dem Ersten, was mir in den Sinn kam. Da lehnte eine Schaufel an der Wand, wahrscheinlich von Pauls Grabungen. Also nahm ich sie und schlug ihm damit auf den Kopf. Vielleicht härter als beabsichtigt… Ich wollte mir nur Zeit verschaffen, um wegzukommen, aber – er fiel um und, das war's. Er war tot. Es gab nichts, was ich tun konnte. Ich geriet in Panik und rannte zurück zu meinem Auto.«

»Was hast du mit der Originalurkunde des Grundstücks gemacht?«, fragte Annie.

»Ich nahm sie mit nach Hause und verbrannte sie«, antwortete Veronica beschämt. »Ich weiß, das lässt mich schlecht aussehen, aber ich wollte einfach nicht, dass irgendetwas, das den Verkauf stoppen könnte, ans Licht kommt. Und Paul war schon tot und ich – ich nahm sie einfach mit-«

»Sie ist nicht die Einzige, die Schuld trägt«, sagte Gladys, ihre Unterlippe zitterte. »Ich hätte mich nie in den Verkauf einmischen sollen. Und ich wusste, dass Veronica die Täterin war und habe geschwiegen. Ich sah sie weggehen und sagte nichts, weil, nun, wenn es jemandes Schuld war, dann wusste ich, dass es Pauls sein musste. Wenn du sie verhaften willst, kannst du genauso gut auch mich verhaften.« Gladys trat vor und stellte sich schützend vor Veronica.

»Ich wusste es auch«, seufzte Karen und trat vor. »Veronica hat mir die ganze Geschichte erzählt und ich bin, nun, an diesem Punkt wahrscheinlich eine Mittäterin.«

»Ja«, lächelte Annie. »Ich nehme an, ihr drei habt euch die Telefonkette ausgedacht, um Dr. Burns fälschlicherweise zu beschuldigen.«

»Vielen Dank, Gladys«, schnaubte Dr. Burns und murmelte dann vor sich hin: »Kann es kaum erwarten, aus dieser Stadt rauszukommen.«

»Das ist eben das Besondere an einer Kleinstadt, nicht wahr?«, stimmte Annie zu. »Die Leute halten wirklich zusammen.«

»Komme ich ins Gefängnis?«, fragte Veronica und blickte zu Sheriff Chomski, ihre Stimme zitterte.

»Nun«, meinte Annie, »das ist eine ziemlich komplizierte Situation, denn – obwohl ich meine Vorstellung davon habe, was passiert ist – habe ich auch Dutzende von Berichten, die behaupten, Dr. Burns sei gesehen worden, wie er das Grundstück verließ. Und ich *glaube*, ich habe Karen sagen hören, sie sei eine Mittäterin. Stimmt das, Karen?«

Karen warf Annie einen Blick zu und las etwas in ihren Augen.

»Ja«, sagte Karen. »Tatsächlich war ich nicht nur eine Komplizin«, sie trat vor und reckte die Brust raus. »*Ich* habe Paul getötet. Ich habe ihn selbst umgebracht.«

»Ach du meine Güte«, sagte Annie lächelnd. »Es scheint, als wäre die Situation gerade noch verworrener geworden. Gibt es noch jemanden, der glaubt, Paul getötet zu haben?«

»Ich habe ihn getötet«, sagte Gladys und hob eine Hand. Sie hakte ihren anderen Arm bei Veronica ein, als Zeichen der Solidarität. »Ich habe ihm hart mit einer Schaufel auf den Kopf geschlagen. Ich habe es in jener Nacht getan und würde es wieder tun.«

»Oh nein«, Annie schüttelte gespielt bestürzt den Kopf. »Jetzt ist die Situation wirklich unlösbar. Hat noch jemand Paul getötet?«

»Ach, verdammt«, sagte Riggs und trat vor. »Ich habe ihn getötet. Wir hatten einen Streit in der Bar und ich hatte eine Affäre mit seiner Frau, also wollte ich ihn tot sehen. Ich habe ihm mit einer Schaufel auf den Kopf geschlagen. Habe ihn ordentlich umgebracht.«

»Noch jemand?«, rief Annie der Menge zu und breitete ihre Arme aus. Stimmen hallten aus der Menge wider, als die Bürger von Sunray einsprangen, um die Ihren zu schützen.

»Ich habe Paul getötet!«, rief ein dicklicher Mann hinten und hob seine Hand in die Luft.

»Nein, *ich* habe Paul getötet«, lachte eine ältere Frau und drückte ihre Handtasche fester an sich.

»Nein, ich war es«, rief Milo. Er stand mitten in der Menge und hielt Staceys Hand. »Ich habe Paul getötet!«

»Nein, *ich* habe Paul getötet...«

»- Nein, ich war es definitiv, der Paul getötet hat-«

Die Menge verfiel in ein Stimmengewirr, jeder versuchte, die Verantwortung für den Mord zu beanspruchen.

Dr. Burns räusperte sich und trat vor, flüsterte Annie ins Ohr. »Ich möchte nur klarstellen, dass meine offizielle Position ist, dass ich Paul *nicht* getötet habe.«

»Zur Kenntnis genommen«, versicherte ihm Annie. Sie hob ihre Arme hoch in die Luft. »Nun, es scheint, dass wir einfach zu viele geständige Verdächtige haben, um diesen Fall zu klären! Sheriff Chomski, was halten Sie davon, diesen Fall als ungelöst zu kennzeichnen?«

»Ich denke, das ist der einzige Weg nach vorn«, lächelte der Sheriff sie an. »Und ich bin froh zu sehen, dass Sie die Dinge auf unsere Art machen.«

»Nicht alle Außenseiter sind schlecht«, lächelte Annie Gladys an. Sie betrachtete ihre Reihe von Verdächtigen ein letztes Mal und dachte darüber nach, wie Menschen gleichzeitig füreinander das größte Problem oder die beste Lösung sein konnten. Dr. Burns wippte auf seinen Fersen, begierig darauf, nach Hause und weg von Sunray zu kommen. Gladys und Karen hatten ihre Arme um Veronica gelegt und versicherten ihr, dass alles gut werden würde. Und Riggs stand neben Karen und sah völlig verloren aus, als wüsste er nie wieder, was er mit sich anfangen sollte.

»Wo sollen wir hingehen?«, sagte er vage und starrte

Karen an. »Das Geld ist weg. Wir können nicht reisen. Was sollen wir tun?«

Karen lächelte ihn an und küsste ihn, als wäre es das erste Mal. »Vielleicht bleiben wir vorerst genau hier«, sagte sie und blickte auf ihre Nachbarn in der Menge.

Riggs nickte zustimmend. »Weißt du, es gefällt mir hier mit jedem Tag besser.«

Und damit war der Fall gelöst.

KAPITEL ZWEIUNDDREISSIG

DIE MENGE BLIEB NOCH eine Weile, nachdem der Fall geklärt war. Nachbarn klopften sich gegenseitig auf den Rücken, stolz darauf, gemeinsam so einen cleveren Coup gelandet zu haben. Veronica wurde umarmt, die zu einer lokalen Legende wurde, nachdem sie als Mörderin freigesprochen worden war. Annie konnte nicht umhin, zu denken, dass Veronicas Immobiliengeschäft aufgrund der Publicity wahrscheinlich viel besser laufen würde. Die Erkenntnis, dass Paul Karen geschadet hatte, schien ihn zu einem Außenseiter in der Stadt gemacht zu haben, während Veronica als neue Nachbarschaftsheldin gefeiert wurde. Insgesamt hatte die Gemeinschaft von Sunray getan, was sie immer getan hatte – sie hielt zusammen und entschied sich, gemeinsam zu triumphieren, anstatt allein zu scheitern. Annie dachte an Dr. Burns' Beschreibung der ursprünglichen polnischen Siedler in der Gegend zurück, und sie sah, wie deren Entschlossenheit, Stärke und gegenseitige Verbundenheit in ihren Nachkommen weiterlebte, die das heutige Städtchen ausmachten.

Aus der Menge tauchte eine Gestalt auf. Es war Milo, der einen großen Rucksack auf den Schultern trug.

»Ich glaube, du hast Stacey noch mehr in mich verliebt

gemacht, als sie es ohnehin schon war«, sagte er zu Annie und nickte in Richtung Stacey, die neben ihrem Vater, Sheriff Chomski, stand. »Sie ist so erleichtert, dass ihr Dad nicht mehr unter Stress steht. Jetzt, wo alle wissen, was passiert ist, ist dies die Chance für einen Neuanfang.«

»Das können wir alle gebrauchen«, stimmte Annie zu.

»Apropos«, sagte Milo und sah sich um, als fürchte er, jemand könnte ihn belauschen. »Ich habe deinen Typen gefunden.«

Ohne es zu beabsichtigen, griff Annie nach Ethans Arm und umklammerte ihn fest, als würde sie ohne seine Hilfe umfallen.

»Mit welcher Sicherheit?«, fragte Ethan.

»Zu hundert Prozent«, antwortete Milo mit einem traurigen Blick in den Augen. Milo öffnete seinen Rucksack und holte eine Akte heraus, die er Ethan überreichte. Es herrschte Stille, als Ethan die Dokumente entgegennahm, mit dem Gefühl, als könnten sich sein und Annies Leben für immer ändern.

»Du hast keine Ahnung, was das für uns bedeutet«, sagte Annie.

»Dein Typ arbeitet für eine Geheimdienstbehörde, aber es ist nicht das FBI«, erklärte Milo. »Es war Arbeit, bis auf den Grund zu kommen, und ich musste mehrere Firewalls hacken, aber ich konnte die ursprüngliche Datenanfrage zu einem Schreibtisch in einem Gebäude zurückverfolgen, das online als unbewohnt aufgeführt ist.«

»Geheimdienst-Methoden«, bestätigte Ethan. »Das Gebäude wird nicht gerade auf Google Maps auftauchen.«

»Ist es nicht«, stimmte Milo zu. »Also musste ich Daten eines russischen Satelliten nutzen, der mir ein Bild lieferte und die genauen Koordinaten gab. Außerdem habe ich Kremlin-Dateien gehackt, die enthüllten, dass das Gebäude eine bekannte CIA-Black Site ist.«

»Das habe ich nicht gehört«, sagte Ethan streng, obwohl

Milo ihn inzwischen so sehr für sich eingenommen hatte, dass es schwer war, das Lächeln aus seinem Gesicht zu verbannen.

»Es wird noch seltsamer«, fügte Milo hinzu. »Der Computer, von dem ich die Anfrage verfolgt habe, erfordert ein individuelles Login-Token. Ich konnte das Token einem Benutzer zuordnen. Ein Mann namens Russel Grey.«

»Was wissen wir über ihn?«, fragte Annie, ihr detektivischer Verstand arbeitete bereits auf Hochtouren.

»Was wir wissen, ist, dass er ein abgedrehter Typ ist. Er war ein Kriminalprofiler für die CIA. Spezialisiert auf Psychologie und die gezielte Manipulation der kognitiven Fähigkeiten eines Assets.«

»Gedankenkontrolle?«, fragte Ethan mit grimmiger Miene und las von einer Seite in der Akte in seinen Händen.

»Der Typ war in seltsame Dinge verwickelt«, sagte Milo. »Aber das Seltsamste ist, dass er jetzt untergetaucht ist.« Milo blätterte durch die Akte in Ethans Hand und stoppte, als er eine bestimmte Seite erreichte. »Hier. Er hat die CIA verlassen und ist in eine Kommune in den Hügeln gezogen. Niemand weiß, was er da draußen treibt.«

»Nun«, wandte sich Annie mit einem Funkeln in den Augen an Ethan, »ich habe schon nach einem neuen Abenteuer gesucht. Eine kleine Auszeit von der Welt. Und du?«

»Nein«, sagte Ethan entsetzt, und sein Mund klappte auf. »Erst ein Bauernhof, und jetzt das? Was, wenn sie keinen Cheesecake Factory haben –«

»Milo«, Annie streckte die Hand aus und schüttelte seine. »Danke für deine Hilfe. Du hast keine Ahnung, wie sehr wir das zu schätzen wissen.«

»Kein Problem«, stimmte Milo zu. »Was werdet ihr jetzt machen?«

»Ich denke«, sagte Annie, »wir brauchen eine Veränderung.«

Ethan seufzte. »Sieht so aus, als müsste ich meinen Bart

wachsen lassen, Milo. Wenn Annie es durchsetzt, schließen wir uns wohl einer Kommune an.«

»Hey, Mann, du warst schon in einer Sekte, wenn du beim F.B.I. warst«, klopfte Milo Ethan auf den Rücken. »Du wirst da draußen großartig sein. Viel Übung.«

»Nein«, schüttelte Ethan den Kopf. »Ich werde da draußen großartig sein, weil ich zum richtigen Team gehöre.« Er nahm Annies Hand in seine. »Wir haben diesmal nicht die Unterstützung des F.B.I.«, sagte er besorgt zu Annie. »Denkst du, wir schaffen es ohne?«

»Definitiv«, sagte Annie.

»Hey, wow!« Milo wedelte mit der Hand vor ihren Gesichtern, als wollte er sie aus einem Traum aufwecken. »Ihr habt doch nicht gedacht, dass ich euch jetzt im Stich lasse, oder? Ihr könnt euch auf mich verlassen, was technische Unterstützung angeht. Keine Fragen gestellt.«

»Milo, ich kann das nicht zulassen«, sagte Annie. »Es ist zu gefährlich.«

Milo rollte mit den Augen. »Falls es euch noch nicht aufgefallen ist, wir halten hier zusammen. Du gehörst jetzt zu Sunray, und wir kümmern uns um unsere Leute. Ob es dir gefällt oder nicht, ich bin für dich da.«

»Es mag nicht so glamourös sein wie das F.B.I.«, sagte Annie zu Ethan, »aber ich würde auf unser Team setzen.«

»Ich auch«, stimmte Ethan zu.

Annie atmete tief ein und ließ den warmen Duft des Nachmittags in ihren Lungen verweilen. Dieser Ort würde sie begleiten, egal wohin sie ging. Die Leute von Sunray hatten ihr beigebracht, dass die Wahl der richtigen Gemeinschaft alles ist. Und Annie?

Sie hatte sich für einen Partner entschieden, auf den sie sich verlassen konnte.

———

Lies weiter für einen Auszug aus »Mord in der Kommune«

MORD IN DER KOMMUNE

In den zwei Tagen seit Privatdetektivin Annie Hudson und ihr Partner – FBI-Agent Ethan Beckett – *in Serenity Peaks* angekommen waren, hatte die Kommune ihrem Namen alle Ehre gemacht. Am Fuße der Sierra Nevada gelegen, bestand Serenity Peaks aus einer Ansammlung identischer Blockhütten, umgeben von Kiefern. Zwischen ihnen diente ein größeres Gebäude als Küche und Speisesaal, und ein Gemeinschaftsraum ermöglichte es den Bewohnern, Veranstaltungen abzuhalten. Im Hinterhof erlaubte eine Reihe privater Whirlpools den Bewohnern, sich im warmen Wasser zurückzulehnen und über die Gipfel der gewaltigen Berge hinweg in den sternenklaren Nachthimmel zu blicken. Die gesamte Anlage grenzte an einen kristallklaren See, wobei die Bäume wie Wächter in den Himmel ragten und die Kommune vor Eindringlingen schützten.

Alles in allem war *Serenity Peaks* ein schöner Ort, um sich von der realen Welt abzukoppeln.

Zumindest hatte Annie das gedacht, als sie die Tür zum

Gemeinschaftsraum öffnete und mitten im Raum eine Leiche vorfand.

»Russel?«, rief eine Stimme neben Annie. Die Stimme gehörte Tania Wildheart, einer molligen Frau mittleren Alters, die sich Annie und Ethan als De-facto-Präsidentin von Serenity Peaks vorgestellt hatte. Die Kommune glaubte nicht an Etiketten, aber – wie Tania betont hatte – jemand musste den Laden schmeißen, und es konnte genauso gut sie sein. Sie eilte durch den Raum, schob Annie und Ethan beiseite, als sie sich neben der schlaffen menschlichen Gestalt auf dem Boden niederkniete und sich vorbeugte, um zu prüfen, ob er atmete.

Der Körper gehörte Russel Grey, und Annie hatte gehofft, ihn zu treffen. Jetzt schien das unmöglich. Schaum bedeckte seinen Mund, und seine Augen starrten an die Decke, ohne dort irgendetwas zu sehen.

»Er ist-«, Tania verschluckte sich an ihren Worten, unfähig, die schreckliche Wahrheit auszusprechen.

»Tot?«, antwortete Annie mit ruhiger Stimme. »Typisch«, fügte sie kopfschüttelnd hinzu. Tania starrte sie entsetzt an, ihr Gesichtsausdruck erschüttert.

»Was meine Partnerin sagen will«, warf Ethan ein und legte eine Hand auf Annies

Schulter, »ist, dass wir hier waren, um mit Russel über etwas Wichtiges zu sprechen. Und es ist ziemlich bezeichnend, dass er – am Tag unseres Treffens – tot aufgefunden wird.«

»Bezeichnend?«, blinzelte Tania mit weit aufgerissenen Augen. »Was könnte das möglicherweise bedeuten? Er war gerade erst außerhalb der Stadt, um Reparaturausrüstung für die Generatoren zu besorgen, und dann kommt er nach Hause und – und jetzt –«

»Ist er tot«, nickte Annie zustimmend. »Genau mein Punkt. Ein völlig gesunder Mann verlässt uns für eine zweitägige Reise. In dieser Zeit kommen wir an, in der Hoffnung, mit ihm zu sprechen. Derselbe völlig gesunde Mann kehrt nach Hause zurück und nur wenige Stunden nach seiner Ankunft – und Momente vor unserem geplanten Treffen – wird er tot aufgefunden. Verdächtig, findest du nicht?«

Tania saß auf ihren Fersen und strich sich die Haare aus dem Gesicht. Getrocknete Blumen waren in ihre Zöpfe eingeflochten, und eine Kette aus Muscheln baumelte an ihrer Brust. »Ich denke gar nichts«, schüttelte Tania den Kopf. »Außer, dass es ein Unfall gewesen sein muss. Es muss ein Unfall gewesen sein. So etwas passiert einfach nicht in *Serenity Peaks*.«

»Jetzt schon«, zuckte Annie mit den Schultern. Tania starrte sie mit leerem Blick an. »Du stehst unter Schock«, sagte Annie. »Keine Sorge, wir werden der Sache auf den Grund gehen. Ethan?«

»Ich werde es melden«, stimmte Ethan zu.

Annie näherte sich dem Körper auf dem Boden und beugte sich hinunter, um den Mann zu untersuchen, den sie so dringend hatte treffen wollen. Ein grauer Schnurrbart verband sich mit einem ähnlichen Bart, und sein Gesicht war auf eine Weise faltig, die eine Person weise und daher vertrauenswürdig erscheinen ließ.

»Worüber wolltet ihr mit ihm sprechen?«, fragte Tania, die zum ersten Mal spürte, dass die beiden Besucher, die sie in der Kommune willkommen geheißen hatte, gar nicht Russels alte Freunde waren.

»Wir haben eine Vorgeschichte«, sagte Annie vage. »Ein Rätsel, bei dessen Lösung ich hoffte, Russel könnte mir helfen. Allerdings hatte ich nicht erwartet, dass er mir auf genau diese Weise helfen würde.« Sie deutete auf den reglosen Körper vor ihr.

Russel Grey war die Antwort auf ein Rätsel aus Annies Vergangenheit – das Rätsel um den Mord an ihrem Bruder sowie das Verschwinden von Ethans Schwester. Annies Beweise hatten sie zu diesem Moment geführt, und nun lag der Hauptverdächtige tot vor ihr.

Trotzdem konnten Opfer auf ihre eigene, stille Art sprechen, und Annie war der Meinung, dass Russel viel zu sagen hatte. Sie hatte nie erwartet, dass das Gespräch einfach sein würde, und jetzt, da Russel ihr neuester Klient war, waren die Dinge erheblich komplizierter geworden.

Annie wandte sich wieder Russel zu und musterte sein Gesicht, als wäre er ein alter Freund.

»Lass uns der Sache auf den Grund gehen, okay?«, fragte sie ihn.

Und damit begann ihre Untersuchung.

MEHR VON VALERIE BRANDY

Weitere Bücher von Valerie Brandy, jetzt erhältlich:

<u>Die Privatdetektiv-Krimiserie mit Annie Hudson</u>

1. »Mord hinter den Toren« - Die Privatdetektiv-Krimiserie mit Annie Hudson, Buch Eins
2. »Mord in der Dachterrassenwohnung« - <u>Di</u>e Privatdetektiv-Krimiserie mit Annie Hudson, Buch Zwei
3. »Mord auf dem Bauernhof« - Die Privatdetektiv-Krimiserie mit Annie Hudson, Buch Drei
4. »Mord in der Genossenschaft« - Die Privatdetektiv-Krimiserie mit Annie Hudson, Buch Vier

<u>Die Predator Prey Thriller-Serie</u>

1. »Die Spur der Besessenheit« - Die Predator Prey Thriller-Serie, Buch Eins
2. »Unsere Lügen sitzen tief« - Die Raubtier / Beute Thriller-Reihe, Buch Zwei

3. »Die Falle ist gestellt« - Die Raubtier / Beute
    Thriller-Reihe, Buch Drei
4. »Eine Frau im Wind« - Die Raubtier / Beute
    Thriller-Reihe, Buch Vier

BRIEF DER AUTORIN

Liebe Leserin, lieber Leser,

vielen Dank, dass Sie Ihre Zeit der Welt von Annie Hudson und der Real Estate Mystery-Reihe widmen! Ich bin Drehbuchautorin und Filmemacherin, die von Film und Fernsehen zu Büchern gekommen ist. Was ich an Büchern besonders liebe, ist der direkte Kontakt zu einer Lesergemeinschaft. Es ist etwas ganz Besonderes, mit Ihnen zu sprechen und zu erfahren, was Sie sich von den Charakteren in unseren Romanen wünschen.

Ich hoffe, Sie melden sich bei mir, indem Sie sich über den unten stehenden Link für meinen Newsletter anmelden! Ich informiere meine Leser gerne über Neuerscheinungen, biete Vorabexemplare, kostenlose Novellen, Vorschauen und vieles mehr an.

Wenn Ihnen Annie Hudson gefallen hat, hoffe ich, dass Sie den Rest der Serie weiterlesen, die ständig wächst!

Und wenn Sie generell mehr von mir lesen möchten, schauen Sie sich bitte die Liste meiner Bücher auf der vorherigen Seite an.

Herzlichst,

- Valerie Brandy

DANKSAGUNGEN

An Gott und die positive Energie des Universums und alle kreativen Musen.

An meine Mutter, Freunde, Familie und Haustiere.

An die Leser.

An die Schriftsteller- und Autorengemeinschaft, mit Liebe.